Fazenda Modelo

Chico Buarque

Fazenda Modelo
novela pecuária

22ª edição

Rio de Janeiro
2022

COPYRIGHT © 1974 by Chico Buarque

CAPA
Evelyn Grumach

PROJETO GRÁFICO
Evelyn Grumach e João de Souza Leite

PREPARAÇÃO DE ORIGINAIS
Antônio dos Prazeres

EDITORAÇÃO ELETRÔNICA
Art Line

CIP-BRASIL. CATALOGAÇÃO NA FONTE
SINDICATO NACIONAL DOS EDITORES DE LIVROS, RJ

	Buarque, Chico, 1944
B931f	Fazenda modelo: novela pecuária / Chico Buarque - 22ª ed.
22ª ed.	– Rio de Janeiro: Civilização Brasileira, 2022.
	144p

ISBN 978-85-200-0158-5

1. Novela brasileira. I. Título.

CDD: 869.93
97-0529   CDU: 869.0(81)-3

Texto revisado segundo o novo Acordo Ortográfico da Língua Portuguesa.

Todos os direitos reservados. Proibida a reprodução, armazenamento ou transmissão de partes deste livro, através de quaisquer meios, sem prévia autorização por escrito.

Direitos desta edição adquiridos pela
EDITORA CIVILIZAÇÃO BRASILEIRA
Um selo da EDITORA JOSÉ OLYMPIO LTDA.
Rua Argentina, 171, 3º andar – Rio de Janeiro, RJ, Brasil – 20921-380 – Tel.: (21) 2585-2000.

Seja um leitor preferencial Record.
Cadastre-se no site www.record.com.br e receba informações sobre nossos lançamentos e nossas promoções.

Atendimento e venda direta ao leitor:
sac@record.com.br

Impresso no Brasil
2022

À
Latucha
minha estimada esposa
cuja candura e compreensão
tornaram possível
a realização
deste livro

AGRADECIMENTOS

Ao INSPETOR KLAUS,
pelo estímulo à realização deste livro, demonstrando mais uma vez seu elevado espírito de ruralista esclarecido, que o credita como um dos expoentes da classe na Fazenda Modelo.

Ao DR. KAPP,
pelo apoio e pelas sugestões apresentadas, ao fazer, bondosamente, a leitura prévia do presente trabalho.

Ao PROF. KAZURI,
meu conselheiro e mestre, pelos constantes incentivos à edição desta obra.

Sumário

Prefácio *11*
De como era a fazenda *15*
Mapa I (Fazenda Modelo e arredores) *18*
Ato *19*
Juvenal *21*
Canção descampada *25*
Abá *29*
Aurora *35*
Da tela mágica *45*
Ouro branco *49*
Os predestinados *55*
Povo na praça *63*
Kulmaco Ltda. *69*
Inseminário *75*
Mapa II (Fazenda Modelo e arredores) *82*
Os formandos *83*
De como se comportam as vitelas no curral *91*
Anaía, meu amor *97*
Da noite para o dia *105*
Aboio *113*
Ato final *117*
Bibliografia técnica *119*

Prefácio

Como veteranos pecuaristas, sentimo-nos, ao mesmo tempo, assustados e contemplados com o encargo que nos foi confiado. Apresentar *Fazenda Modelo* ao leitor é tarefa superior às nossas modestas faculdades, responsabilidade, pois, que nos assusta. Honra-nos, contudo, saber que ainda somos ouvidos e até mesmo solicitados por especialistas jovens, como este autor estreante. Prova-nos que devemos confiar na nossa juventude, por vezes injustiçada através de julgamentos isolados. As novas gerações estão com sua atenção voltada para os problemas da nossa Fazenda: estão participando do nosso desenvolvimento. O autor é um dos lídimos representantes dessa mentalidade nova que tanta confiança infunde no futuro da Fazenda Modelo.

O autor não é, como poderia parecer aos menos avisados, um pecuarista tradicional, nem um zootecnista, nem sequer um executivo ou proprietário de empresa dado a pesquisas e reflexões. Trata-se de um estudioso, descendente de uma família cujos membros granjearam merecido prestígio no meio intelectual da Fazenda Modelo. A veia literária está presente no estilo límpido com que o jovem aborda as múltiplas facetas da complexa questão pecuária, dando-lhe cunho de uma grande batalha a pelejar e apontando os meios de o nosso povo sagrar-se vitorioso.

O autor admite, com exemplar franqueza, que, no momento, nossa situação não é das mais alvissareiras, a começar pela rentabilidade ínfima da produção agropecuária, mercê de diversos fatores que poderiam despertar, neste prefácio, polêmicas inconvenientes. Mas o autor, com a coragem que, *hélas*, só se possui nos verdes anos, envereda firmemente para a tecnologia, demonstrando o quanto poderemos fazer no sentido de aprimorar o nível qualitativo de nossos rebanhos, por meio de corretivos e fertilizantes.

Pode-se afirmar, sem medo, que esta obra arrosta a problemática em tal âmbito que cada aspecto, isoladamente, contém matéria para um estudo de profundidade. Pretender, pois, fazer uma apreciação à altura da obra, numa mera apresentação, equivaleria ao labor de escrever uma outra, o que, como já dissemos, é presunção acima de nossas possibilidades. É tarefa que cabe ao leitor jovem que, a exemplo do autor, povoa e enriquece a realidade que é, hoje, a nossa Fazenda Modelo.

Em suma, *Fazenda Modelo* é um livro que se recomenda a todos os pecuaristas do mundo.

F. M., maio de 1974
K. KLEBER
(da AFML)

Fazenda Modelo
novela pecuária

*Não porás mordaça ao boi
enquanto debulha*
Deuteronômio, cap. XXV, v. 4

I

DE COMO ERA A FAZENDA

Era assim: o que quiser que tenha, tinha. Tinha arrebol? Tinha. Rouxinol? Tinha. Luar do sertão, palmeira-imperial, girassol, tinha. Também tinha temporal, barranco, às vezes lamaçal, o diabo. Depois bananeira, até cachoeira, mutuca, boto, urubu, horizonte, pedra, pau, trigo, joio, cactus, raios, estrela cadente, incandescências. Enfim.

Bois, vacas, bezerros andavam misturados (cerca não tinha) pelos alqueires. Ao todo éramos doze mil cabeças, ou cento e vinte, ou doze milhões, não sei, éramos muitas cabeças mas ninguém sabia o resultado do último censo. Um touro vivia copulando à vista de todos, ao ar livre. Algumas leis havia sim. Não podia apontar estrela, por exemplo, que dava verruga na ponta do dedo. Se brincasse de vesgo, batia uma brisa e ficava vesgo para sempre. Nem podia olhar mulher nua que nascia terçol. Mas essas leis não eram muito temidas e andava cheio de gente estrábica com terçol e verruga. As estações não se entendiam e a primavera jamais floriu. O mato crescia irregular, aqui aos tufos, lá nenhum. Lá um bezerrote mal podia nascer que já se lhe coagulava de moscas o umbigo. Então o rebanho partia, unguento no umbigo, procurando a água mais próxima a muitas léguas. Marcha arrastada e áspera, marcada a chocalho e queixada, marcha de rachar casco nos cascalhos. Só chegavam no verão, que também chamam inverno porque chove muito. Daí o açude transbordava, carregando todo mundo de volta para casa ou para o outro lado. No inverno seguinte, ou verão, a gente reconstruía a vida, aqueles tufos. Bois, vacas, um touro copulando e a nova cria, que desta vez tudo correria bem melhor. Solstício, equinócio, estiagem e toca a boiada a caminho das águas logo ali longe.

Nesse vaivém sem chapéu, o sol alterava o roteiro de muitas vidas. Gente ficava pela estrada, outros se perdiam. Como raros andavam ferrados com seus sobrenomes, ninguém mais sabia quem era de quem. Fazia sucesso a canção:

Ninguém é de ninguém
Na vida tudo passa
Ninguém é de ninguém
Até quem nos abraça

Nego aproveitava o embalo para roubar mulher de nego. Era uma alegria. Uma irresponsabilidade. E como não dava jeito de descornar toda a manada, saía briga com chifrada e muita sangueira. Saía muita briga porque cada cabeça queria pensar duma maneira diferente, e assim não é possível. Para um único assunto havia cento e vinte, doze mil, um milhão e duzentos palpites, não poderia mesmo nunca dar certo.

Mas como ia dizendo, naquela transumância se desfaziam famílias e se constituíam outras. Se inventavam famílias como os bezerros Abá e Aurora que se apresentaram numa enxurrada dessas. E com prazer se deixaram arrebatar pela corrente, romperam comportas, dançaram o beguine, trocaram begônias e foram pousar na pradaria onde se amaram sem pensar. Ao rebento chamaram Boaventura, sem pensar tanto nas agruras da terra. Quando no seco, cantavam pastorelas. Dançavam barcarolas nos aluviões. E todo ano novo o colonião verdinho dava um otimismo de fazer mais filho: Cáspite, Deodora, Eldorado e abecedário em frente, se possível até o zênite das incelências. Nas entressafras, porém, Abá e Aurora lastimavam-se um bocado. Juntos ruminavam coisas como justiça, abundância, mundo melhor, um mundo fundado no nada feito, mundo às avessas do já malfeito, feitio de mundo que ninguém viu, essas sandices que a gente só imagina quando não tem que furar poço e cavucar atrás de raiz, toca boiada.

FAZENDA MODELO

Pastorelas e barcarolas à parte, é inútil fazer romance do que acontecia na fazenda. Não há poesia com carrapatos. Sarna, piolhos, gusanos, piroplasmoses e toda espécie de parasitas. O diabo é que aquela variedade de bactérias, teoricamente mortais, habitava o organismo das reses em harmônica simbiose. Não sei. Sei que no crucial do matadouro a bezerrada berrava tanto, esperneava tanto, que daí se deduz que aquela vida, tudo somado, era uma vida boa.

Podia ser boa e bonita. Mas dava prejuízo. E tem mais: a indisciplina reinava, imperava o mal. Campeavam as libertinagens. Elogiava-se a loucura. As hierarquias eram revertidas, a higiene, o recato. Um quadro nada modelar. Portanto já era tempo de impor a ordem à comunidade vacum.

MAPA I
FAZENDA MODELO E ARREDORES

FAZENDA
CURIÓ

FAZENDA
DO
SAPO

FAZENDA
BOA PAZ

FAZENDA
SANTA GERTRUDES

descampado.

jungla

GRANJA
BOA ESPERANÇA

charco

FAZENDA

açude

FAZENDA
QUERÊNCIA ANTIGA

pradaria
MODELO

SÍTIO
DEUS NOS ACUDA

FAZENDA
BOA VISTA

descampado

FAZENDA
O.K.

barranqueira

RANCHO
NAS NUVENS

CHÁCARA
DO
SEU OSCAR

FAZENDA
DOCE LAR

II

ATO

Por meio de um documento que não cabe reproduzir aqui, porque muito extenso, e insosso, e repleto de vírgulas, como a maioria dos ofícios, que falam assim aos tropeções, por meio de um documento desses, quase incompreensível porque redundante, truculento, ficou nomeado Juvenal, o Bom Boi, conselheiro-mor da Fazenda Modelo. A ele todas as reses devem obediência e respeito, reconhecendo-o como seu legítimo chefe e magarefe.

III

JUVENAL

É preciso esclarecer desde já que se uma série de incidentes desagradáveis, arbitrariedades, atrocidades mesmo, passou a ocorrer com frequência a partir de sua gestão, Juvenal e sua bondade estiveram sempre alheios. Alguns de seus subordinados, delegados para o cumprimento de determinadas tarefas, certamente exorbitaram de suas atribuições. Certos indivíduos ficaram tão felizes com a nova situação que, no auge dessa felicidade, cometeram alguns desmandos. Mas a História há de isentar Juvenal, o Bom Boi, de toda e qualquer responsabilidade quanto aos fatos que se seguem. Todos sabem que ele sempre e apenas cumpriu ordens superiores. Ordens misteriosas, talvez divinas. E se ordens sibilinas lhe roçavam as orelhas, ou lhe arrepiavam os pelos, ou lhe passavam entre as pernas, tais eram matérias que Juvenal nunca poderia interceptar. É isso, Juvenal era incapaz de interferência. Nem por outro motivo fora ele nomeado nosso supremo e incontestável senhor.

Primeiro pronunciamento de Juvenal:

— Vamos dar nome aos bois.

Quatro agentes de confiança foram destacados para o serviço: Klaus, Karim, Kamorra e Katazan. Era evidente a euforia com que desceram ao pasto. Um desempenho inédito. O cirurgião Klaus, encarregado de descornar as bestas, era o mais eficiente. Além dos chifres, fazia questão de levar orelhas, beiços, unhas, dente por dente; diz ele que para comemorar a data. A quem protestasse amputava um pé. O artesão Karim, encarregado da ferra, era o mais inspirado. Não satisfeito com a simples impressão das iniciais da

Fazenda (FM), tatuava as letras nas mais formidáveis combinações, até que as carcaças ficassem lembrando um mosaico:

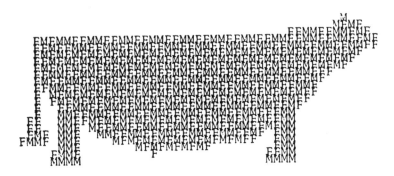

Kamorra e Katazan, incumbidos das castrações, mal comportavam a saliva nas bocas. Colhendo ovos e ovários, tilintando torqueses e torniquetes, quase que já degustavam os guisados do churrasco logo mais.

Ao churrasco de posse compareceram os mais fiéis correligionários de Juvenal: Kahr, Kaledin Kamorra, Kapp, Karensen, Karim, Karma, Katazan, Kazuki, Kebab, Keitel, Kernig, Kirill, Kital, Klaus, Kleber, Kramer, Kreuger, Kris, Kuklux, Kulak, Kurn, Kussmaul e só espero não ter omitido nenhum. Esses jovens conselheiros do conselheiro-mor acomodaram-se em mesinhas dispostas informalmente no gramado da Estância Castelã. O ambiente, muito descontraído, tinha por *background* o som nostálgico de *Who's sorry now, Moonlight serenade, Whispering* e outras. Compassadamente foram brotando ninguém sabe de onde as mais requintadas receitas da nossa recente gastronomia típica. O *baby beef all'uterina*, por exemplo, esteve magnífico. O churrasco ao vivo, ou *live barbecue*, como queria o menu. Cartilagem grelhada, língua defumada, rabada, *criadillas* regadas a um Sangue di Bue Stravecchio de ano ímpar. Mas o grande sucesso da

noite foi sem dúvida o *steak tartare à la minute.* Seu preparo
requer um animal cheio de saúde que deve ser atado pelos pulsos
e tornozelos a uma trave horizontal, de maneira que seu lombo
fique pendulando à meia altura. Utilizar um facão bem afiado
para abrir o lombo e, com uma colher ou concha, selecionar as
melhores carnes. Picá-las rapidamente, para que não esfriem, me-
xendo-as e amalgamando-as com uma gema de ovo. Com a outra
mão tempere a carne: três pitadas de sal, duas de pimenta-do-rei-
no, um dente de alho, cebola a gosto e uma colher, das de sopa,
de sopa de leite. Agite o preparado numa terrina a caminho da
mesa de Juvenal que, naturalmente, não podia saber o que se passava lá embaixo na cozinha. Só dava para ouvir uns urros que se
confundiam com os hurras e se somavam à orquestra sem chocar.

Depois da palitagem houve discurso. Juvenal levantou-se e
começou assim:

— Quem semeia vento colhe tempestade — frase que soou
dura demais em sua língua. Alguns estranharam, tossiram. Kahr
e Kleber aplaudiram de pé. Logo arrematou Juvenal: — Depois
da tempestade vem a bonança — e aí se reconheceu o bom Juvenal, seu timbre e sua têmpera.

Agradecendo e transferindo a Deus os altos compromissos
em que estava obrigado perante seu povo, Juvenal, o Humilde,
absteve-se de maiores demagogias. Afirmou que cumpriria seu
dever munido apenas do fervor e da continência de um cruzado.
Apelou para a abnegação de seus assessores diretos, chamando-
-os de meus escudeiros, para que compartilhassem da árdua missão que lhe fora confiada. Chamando-os esteio da estância, ganhou demorados aplausos. Insistiu:

— Manos da manada. (bis)

Prosseguindo, estendeu sua voz a todo o povo da Fazenda
Modelo que não fora convidado para o banquete. Destacou a
dita cabeceira do rebanho, as classes por assim dizer superiores,
as classes a partir de então muito produtoras, cuja prosperidade
estaria intimamente vinculada ao processo de desenvolvimento

acelerado da nova Fazenda (aplausos). Fazia-se imprescindível, mais que nunca, o apoio de tais classes. Quaisquer eventuais sacrifícios terminariam por se refletir, fatal e positivamente, na consolidação de seus próprios interesses. E em troca desses sacrifícios, os suseranos estariam a salvo de bárbaros e tártaros, invasões e inversões, aplausos. Palavra de Juvenal, por alcunha o Tenaz.

Como ainda não existe suserano sem vassalagem, Juvenal também dirigiu a palavra às classes menos favorecidas, as quais um dia haveriam de lucrar em proporção indireta, com o desenvolvimento integral e racional da Fazenda Modelo. Por enquanto pedia-lhes um pouco de paciência pois Roma não se fez num dia. E as riquezas da Fazenda, é mister concentrá-las antes de se pensar numa distribuição, senão atrapalha toda a contabilidade. E a situação em que essas reses se encontravam era fruto de seus erros atávicos acumulados através dos séculos: imprevidência, ignorância, inoperância, inobservância, inanição, aplausos. As classes menos qualificadas deveriam pois aguardar nos descampados a fim de evitar as contaminações e a degeneração das demais raças. Mas quem viver verá, disse Juvenal, o Justo. Os vassalos comprarão sua alforria interior, passando a gozar de feudos imateriais e inestimáveis. Serão orgulhosos de servir seus senhores, visto que estes apreciarão seus serviços. Sofrerão a corveia com a dignidade a que todos temos direito. E nada impede que, em futuro remoto, a fermentação e a compressão da substância impura acabem por destilar um perfume nobre. Aplausos. Tumulto. Juvenal:

— Ninguém se esqueça que somos todos filhos de Deus.

Somos filhos do mesmo Bos E os irmãos do descampado, ainda que à distância, poderão acompanhar nossos progressos passo a passo, aplausos.

IV

CANÇÃO DESCAMPADA

Lá todo mundo é José
Lá todo mundo é João
Todo mundo se conhece
Não pelo nome
Mas pelo aleijão
— Ei, cotó
— Ei, corno
— Ei, coxo
— Ei, culatrão

Visto de longe parece tudo igual. De perto, no cheiro, na pele e dentro dos olhos, a gente se distingue facilmente. Já nascemos bastante carimbados. Por isso ninguém entendeu aquela manhã, quando os quatro cavaleiros da nova ordem baixaram no descampado e fizeram o serviço de identificação. Ninguém estava preparado. Ficou todo mundo assustado, um apontando o outro, pessoa querendo ser outra pessoa e dando explicação demais. Lá a gente é muito ignorante mesmo. Tem gente que só compreende a brasa quando ela entranha nas profundezas da carne.

Sorte é que o pessoal do descampado, além de ignorante, é bem novidadeiro. O que passou de manhã, ninguém quer comentar depois do almoço. De noite então, quando entra no bar um desses mais magoados, desses que gostam de tirar a camisa e exibir as feridas, o povo diz iiiiihhh lá vem de novo o zé do hematoma com aquela conversa. E sobra zé sozinho com o galego, no botequim sem assunto, com cara de jornal amassado.

— Ei, José
— Ei, João
Conheço tua história
Como a palmatória
Na minha mão
— Eh, José
— Eh, meu saco

A novidade das oito era uma tela mágica ligada na praça do coreto. Haveria um pronunciamento. Largaram a sinuca e a sueca e foram todos ver a cara do pronunciamento. O novo Chefe, Juvenal, religioso, simpático, assim da minha estatura, dizem que um homem de bem e bom. Uma boa imagem, uma tela grande, falando com a gente. Mesmo o magoado, o chateado e o doente, até os mais doloridos apreciaram o programa assim que começou:

— Há males que vêm para bem.

Tempo de olhar em frente. Esquecer as desavenças. Somos uma família. Marchando. Fé no destino. Grandioso a Fazenda confia. Confiar na nova Fazenda que. As classes. Os menos favorecidos (olha nós) tivessem um pouco de paciência. Ninguém fez Roma. Da noite para o dia a pressa é inimiga e devagar se vai. Os menos qualificados (olha nós de novo) esperassem no descampado que descampamos. E aí, pelo que entendi, estou de pleno acordo com esse Juvenal. Vocês acham que o descampado sempre foi descampado? O descampado é tão bom quanto as outras terras da Fazenda. Acabou desse jeito porque a gente pisoteia. Pisa no pasto que vai comer. Se a gente caminhasse com atenção e sensatez, ia ver a verdura que crescia. É por isso que precisamos ir ao rio, quando não é o rio que vem a nós. Que criamos calos por toda a carcaça, uma casca grosseira que nos faz imbecis, insensíveis à chuva e impermeáveis de dentro para fora. E seguimos vivendo aos tufos, enquanto houver tufos graças a Deus.

Depois do pronunciamento a tela mágica permaneceu ligada. O próprio Juvenal disse que era um modo da gente se habituar à linguagem e às imagens dos novos tempos. Manter o povo instruído e ilustrado do que se passa lá em cima: a lua, os tratores, as pastagens de acrílico. E vai dando uma inveja na boca do povo, uma inveja sadia de também querer as coisas boas. Vai dando um orgulho saudável de ser meio vizinho e contraparente daquelas coisas. Um ciúme daqueles reis e princesas por um dia, coisas que o povo gosta, vê nas revistas, coleciona as figurinhas, cola os pôsteres na parede. Decora os distintos nomes daquelas figuras tão parecidas entre si de tão brilhantes, distantes e perfeitas que estão. Ao mesmo tempo que dá na gente um cuidado louco de não tocar as molduras, não mexer com as figuras nem se intrometer no sonho, confundindo, derrubando, quebrando e sujando o sonho. E o pavor da gente acordar suada nos braços dum João-braço-curto ou José-braço-sem, na cama onde a gente se chama pelo aleijão que tem.

V

ABÁ

Não é mais criança. Já pretendeu, sim, organizar um mundo a partir do sentimento que a sua gente tem dentro sem conhecer. Quis descobrir a nova forma de vida, uma norma nossa que não fosse essa nem aquela e não dá para explicar, porque a gente tem isso muito dentro, muito sem conhecer mas tem. Um tumor benigno que, localizado, é pedra filosofal que transforma o ouro em chocolate, em qualquer coisa útil ou amável. Uma ideia gorda e talvez uma ideia incômoda porque absorve ou rejeita ideias velhas, algo assim ou não como uma sabedoria mulata. Nada da mulata que inglês viu e bolinou. Outra surpresa tão mestiça que única, total, tutano que inglês não realiza nem supõe, teme o contágio. Mas percebe-se que tais conceitos sempre se confundiam no momento exato da expressão. No dia D, na hora H, no X do problema Abá tropeçava misteriosamente. Gaguejava, engasgava, ficava zarolho, insistia. Retomava do princípio, o sentimento, a pedra, o tumor, o tutano, o sonho coletivo, o nexo sem palavra, a antegíria, anteginga mulata. E esbarrava na antessala do carnaval, a explosão abafada sob a redoma invisível.

Enquanto isso os invisíveis se divertiam da gente andar meio de lado, sacudindo, balanço que não é dança, é o desengonço da nossa bitola nos trilhos que não são nossos. Os invisíveis gostavam. Riam de nós plantando goiaba e comendo só goiabada. Riam muito da gente ser risonha até quando pega fogo. E agora os indizíveis, que sempre se interessaram na nossa bagunça, resolvem patrocinar a nova ordem, que não é nova nem nossa. Os indivisíveis gozam de haveres e poderes na Fazenda, se não por escritura, ao menos por usucapião. Juvenal, preposto, preboste, convoca Abá. Abá já não é criança, paga para ver.

Bem-posto na Estância Castelã, Juvenal recebeu com encanto a adesão de Abá. Aliás, todas as classes ditas produtoras manifestaram sua imediata solidariedade, como era de se esperar. Fazendas limítrofes e antípodas enviavam flores e telegramas, o que é protocolar. Os inspetores estavam de prontidão, o que não é mais que sua rotina. Mas o notável, entre tantos inacontecimentos, é que no descampado ninguém mais reagia à desmama, à descorna e à emasculação. Até parece que de repente o povo da nossa Fazenda se civilizou. Novos parênteses para acentuar que Juvenal só soube dos resultados. E o resultado incontestável é que não se ouvem mais a lamúrias de outrora no seio da Fazenda Modelo.

Mas vamos lá. O primeiro cuidado de um administrador deve ser a escolha rigorosa do semental. El tipo, tamaño, rusticidad, constitución, raza, masculinidad, pedigree, certificados de salud, reputación, son los factores principales al seleccionar un reproductor. Traduzindo: Abá. "Um semental que transfira seus dotes à prole, estampando nela sua cor." Juvenal atualizava seus conhecimentos com os livros que fizera importar. Conforme as recomendações mais recentes, instalou Abá no planalto central, a cem metros da Estância, distante milhas de todas as vacas e tentações. Em touril seco, bem construído, amplo, dotado de bebedouro, curral adjacente para exercícios, boas cercas, orientação favorável ao eixo norte-sul, consoante os ensinamentos do livro.

Abá paga para ver de perto os movimentos da alta administração. Não é verdade que ele se impressione com títulos e honrarias, com a condição de quase ministro que lhe confere a vizinhança da Estância Castelã. Não o comove ser promovido de garanhão a cortesão, ou classe produtora. E os novos caminhos da Fazenda não são certamente os que ele traçaria, se é que traçaria caminhos.

FAZENDA MODELO

Mas ele assume o posto com altruísmo e muito amor à sua terra, jamais como cúmplice da ordem reinante. Diz Abá que, se existe semelhante cargo, e se alguém o deve ocupar, antes ele que algum aventureiro. Que seja um dos nossos, diz ele sozinho. Quisera apenas a oportunidade de expor o caso pessoalmente a Aurora mas Juvenal, malicioso, proíbe: "Os touros devem trabalhar no período limitado denominado estação da monta: de abril a junho." Ora, estamos em janeiro e Abá fica muito excitado com o calor. Fica querendo encontrar Aurora para lhe jurar que não tem nada a ver com aquilo que está vigilante e fiscal, que ama Aurora e Aurora não o mal-entenda. Pois sim, lê Juvenal, o clima proporciona forrageiras de boa qualidade sob a ação das chuvas de outubro a abril e de qualidade bastante inferior e escassas no período de maio a setembro. Abá quer vê-la um minuto só, trocar duas palavras, mas há índices satisfatórios de ganho de peso dos animais no primeiro período, enquanto se dá uma paralisação ou perda de peso no segundo, chegando muitas vezes a 20 ou 30% de perda em relação ao peso atingido em abril, ver gráfico, dane-se o gráfico, pois em meados de fevereiro Abá já dava mostras de exasperação sexual, ou crise existencial, como se diz. Atirava-se contra as baias, chifrava-se, mergulhava no bebedouro, mugia contra a lua, fazia greve de fome, comia terra. Pois não, insistia Juvenal, é preciso deixar essa mania de nascer bezerro antes do fim de ano. "A inconveniência concretiza-se no desenvolvimento do animal que, além de sofrer o impacto da desmama, encontra pastagens inqualificáveis, paralisando-se o seu desenvolvimento nos seis meses subsequentes. É portanto muito pouco recomendável o nascimento de bezerros no segundo semestre, ocorrência aceita por muitos como fenômeno natural em nosso trópico." Maldizendo os trópicos, Juvenal ia tangendo os dias. Ia enganando Abá com calendários adulterados, bulas, sermões, salitres, barbitúricos e outros tranquilizantes. Por isso, no primeiro de abril, quando Aurora entrou no touril, Abá fez um estrago nela, no touril e em Juvenal, que experimentou apartá-los após a terceira ejaculação.

31

CHICO BUARQUE

1º de abril. Juvenal me explicava o tal do tronco, uma espécie de pedestal onde eu deveria apoiar as dianteiras na hora do coito. Uma cópula mais científica, explicava Juvenal. Mas quando vi entrar Aurora, pisquei vi entrar, pisquei vi entrar, pisquei vi Aurora, me belisquei e achei que era o dia da mentira. Nem justifiquei a minha posição, minha solenidade, meu pedestal. Quando vi aquela mulher que era uma catedral, mergulhei de cabeça em sua vagina gótica. Amei-a e amassei-a feito um condenado, sendo ela a minha viúva. Dobrei e desdobrei Aurora em sessenta e quatro poses diferentes. Perdi a conta das pernas que tínhamos, quantas línguas, quantos delírios, quantas vezes morremos e que horas são. Nem vi por que porta ela saiu e entraram outras e mais outras que eu adorei devotando as colunas de Aurora, no que se chama união sexual de amor transferido.

Aurora despachada entra Beleza sai Beleza entra Balbina sai Balbina entra Betina sai Bidu entra Bigodes entra sai sai entra Bailarina entra Calu meia-volta entra Ciranda volta e meia Desirê passo à frente arretê girê um sorvete colorê sai Doralia entra você vira volta rodopia visavis com Doralia balancê changê Delicada Diabinha traversê tem boi na linha anavã galope tur e o magote de vaquinhas se acabou executado no primeiro paredón libidinoso da Fazenda Modelo, para aleluia e asco de Juvenal.

Mês que veio, porém, Abá já se mostrava outra vez irrequieto. Especialmente quando soprava o sudoeste lembrando ares de Aurora. Talvez ela não tivesse entendido bem o papel de Abá naquela história toda, suas relações com a Estância, sua inocência. Em sonhos Abá se defendia, testemunhava, arrolava argumentos, pedia clemência e aproveitava a absolvição para repetir as sessenta e quatro proezas com aquela charolesa na charneca. Sonhava o tempo da charneca, quando os crimes e dívidas pareciam irrelevantes, eram escusados júris e justificações. E enlouquecia no seu labirinto, mergulhando contra as baias, chifrando a

FAZENDA MODELO

lua, mugindo para a terra, mijando no bebedouro. Para tamanho desvario, Juvenal não encontrava antídoto em nenhum dos modernos compêndios técnicos. Antes, só foi decifrar um paliativo em antigas brochuras. Muito a contragosto, pois, sacrificou sete virgens, vaquinhas lá do descampado, para saciar a voracidade de Abá. Um desperdício, lamentava Juvenal, gastar vela tão boa com armento ruim. E ao mesmo tempo recolhia dados sobre as excelências da inseminação artificial. "Considere-se, por exemplo, o magnífico touro da raça holandesa da fig. 5.2 cujo nome completo é WH 57 Spruceleigh Monogram Rag Apple 1119686 S.M.P. Até 1963, com a idade de 13 anos, Rag Apple tinha fornecido sêmen para mais de 100.000 reprodutoras." Juvenal olhava a fig. 5.2 e olhava Abá, olhava um e olhava outro, e o famoso Rag Apple era a figura de uma mula perto de Abá.

VI

AURORA

Foi confinada no cocho com as colegas de linhagem pura. Nem teria sentido abandonar as finas fêmeas ao sabor da roça, apanhando carrapato e gonorreia. E Juvenal constatou que é mais dispendioso transportar alimentos para os animais no pasto do que abrigá-los e engordá-los em recinto fechado. Elas, as vacas, não chegaram a manifestar suas aflições e anseios. Antes de lhes sondar as opiniões, as dúvidas e palpitações, Juvenal impôs o motivo maior dos filhos futuros. Assim, por amor de seus filhos, elas guardariam duas quarentenas para os conceber. Gerados em tempo propício, nasceriam todos em clima de fartura e favor. E vê-los feitos pagaria qualquer sacrifício. Uniformes desfilariam, todos igualmente fofos, um delicioso pelotão.

1º de abril. Até que enfim Abá, empatado numa rampa de tábuas que eu nunca vi. O ardor do momento não me deu tempo de criticar a posição. Invenção de Juvenal, diz que para aliviar o peso de Abá em cima de mim. Juvenal é muito ponderado. Só desconhece o prazer que é padecer aquelas arrobas no dorso. Não calcula quanto eu desejava ser tão bem maltratada de novo, na roça sem programação, sem rampa, sem vergonha. De novo. Me machuca, filho, me dói, seu desgraçado, me xinga a sua rampeira. Como naquele tempo, anjo, que você me enganava com aquelas vacas, eu sei. Acabava voltando, o tarado, com as unhas enormes da mão direita que você não aprende a cortar. Eu lavava as cue-

35

cas dele, as porcas lembranças. Cochicho e muxoxo no muzungo, muxinga no meu lombo e cafezinho na cama da sua mucama, sim feitor. Mas no átimo do clímax do bom mesmo, não se sabe se é você ou eu quem está por cima ou baixo, neste cosmo descoordenado, láctea nuvem, de novo, faz, me judia, coração. Vê, vem, abre a porta do meu quarto e anda desta parede à outra, sendo que quando atinge a outra já ainda está grudado nesta parede, me ocupando o quarto inteiro quase a me expulsar de mim. Me estufa o quarto e geme, ou fui eu quem soluçou, não importa quem chorou primeiro se nós derretemos juntos. Acorda. Não, meu, seu. Devagar, cresce outra vez dentro de mim e fica enganchado dum jeito que parece que a gente já nasceu assim e que senão estou amputada e com frio e já nem sei, assim sim, mim, sim,...,...,...,...,...

,...,...,...,...,...,...,...,...,...,...,...,...,...,...,...,...,...,...,...,..

,.,.,.,.,.,.,.,.,.,.,.,.,. ,, , ,, , ,, ,,, ,,, ,,,,,,,,,,,,,,,,,,,,,,,,,,,,,,;!;!;!!;!!!;

...,...,,,.,.,.,.,.,.,.,...,...,...,...,...,...,...,...,...,...,...,...,...,..., sim, assim, assim sim, assim não, já nem sei o que estava falando, estava tonta, estava querendo respirar, estava perdendo a pontuação, meu bem. Fique mais um pouco, meu fôlego. Não me abandone assim de repente. Me esquente. Me beije. Me. Deixo Abá transversal, acocorado numa rampa ridícula a que o cretino se presta.

1º de maio. Melengestrol. Impossível aceitar o sabor do melengestrol. Vontade de comer alfenas e alfazemas, esses arbustos proibidos de tão cheirosos. Por amor dum talvez filho, um nem ovo, engoli os antibióticos receitados. Não suportava o estibestrol, sem falar no ácido resordílico lactona, o mais revolucionário dos aditivos. Juvenal e a junta médica ainda prescreveram clorotetraciclina, oxitetraciclina e zincobacitracina. E eu carente anêmica de Abá, do tempo em que a gente provava de todos os matos, os podres, os tóxicos e o musgo que, no fim das contas, também é penicilina.

10 de maio. A regra está atrasada. Juvenal garante que não vem mais, que estamos todas bem grávidas. Não sei, na minha terra mulher só sabia que engravidou quando o marido tinha dor de dente. Mas Juvenal garante e nos policia a dieta: todas as vitaminas acima indicadas e nada de sorgo, mandioca, ferrã e forragem que é bom. Ele passa os dias andando de um lado para o outro, ansioso como se fosse o pai no corredor. Anda nervoso e nos transmite o nervosismo, acaba que o nervosismo é que nos deixa desreguladas. Como o primeiro filho, que a gente deseja tanto que vive engravidando em falso por conta dos desejos. Tenho até sentido náuseas, como no primeiro filho, principalmente após as refeições. Mas isso também é por conta do melengestrol que Juvenal me obriga a deglutir na sobremesa.

21 de maio. Juvenal já está me cansando com essa conversa de Fazenda Modelo para cá, Fazenda Modelo para lá, parece até que quer provar alguma coisa. Ele hoje nos levou a Juvenópolis, vejam só, uma cidade que se arvora em capital. Túneis, pontes, elevadores e até um laboratório num oitavo andar, onde a junta médica nos submeteu a um exame. Tudo branco, espaçoso e sonoro, mas ainda assim há algo ali que me incomoda. As outras não. Minhas colegas voltaram falando maravilhas no ônibus, falando de Juvenópolis dos viadutos da junta médica do oitavo andar. O ônibus de luxo veio saltitando de tanta animação.

23 de maio. Resultado do exame: positivo. Engravidamos todas e nem sei se Abá teve dor de dente. Juvenal diz que o laboratório não falha. Digo eu que Abá não falha, o canalha.

10 de junho. Ainda saudades de Abá, por que não confessar? Tenho sonhado com viadutos lânguidos, na verdade línguas monumentais. Deve ser por isso que acordo indisposta, com frequentes náuseas, e é assim sonolenta que acompanho as outras nas consultas ginecológicas de praxe. Elas não descansam. O ônibus entra na cidade aos soluços, para aos suspiros nas vitrines, nos filmes em cartaz, nos sinais de trânsito e na nova iluminação a mercúrio. É a luz da ciência, diz sempre o tal de Kirill da junta médica. Implico um pouco com essa junta médica, embora não possa me queixar do tratamento. São solícitos, o tal Kirill, o tal Kebab, o tal Kamorra, vivem perguntando se não me falta nada, no laboratório. Não sei o que me falta no meio de tanto branco, da música ambiental, do ar condicionado, do edifício alto, mas falta pouco para eu soltar um grito. Só pode ser um desses distúrbios de gravidez que Juvenal e a medicina chamam de fenômeno simpático. Deve ser o mesmo desequilíbrio neurovegetativo que provoca uma babeira permanente no canto da boca de Kirill, Kebab e Kamorra. Uma salivação abundante que se acentua quando eles me falam de gravidez e desenvolvimento, misturam útero com Fazenda Modelo, comparam automóveis a cromossomos, enquanto babam no avental e me dão ânsias de vômito, sensação de vertigens, vontade de pular pela janela.

11 de junho. Além do fenômeno simpático é a emoção, diz Juvenal, emoção da responsabilidade. Colocar um filho na nova Fazenda é como dar à luz pela primeira vez. Recomenda que eu assente meus quatro estômagos com grande quantidade de alimentos sólidos, porque as papilas do meu rume requerem um fator de aspereza na ração, para o funcionamento adequado da biossíntese. Devo consumir, por amor de meu embrião, forragens artificiais tais como: grânulos de matéria plástica, granito em pó, cascas de ostra, ureia em areia, e serragem.

FAZENDA MODELO

29 de junho. Por amor de meu filho sigo as dietas e presto os exames periódicos, retenho o vômito e a saudade de Abá. É engolindo os problemas domésticos que vou, como todas as vacas, ao cabeleireiro, à ginástica sueca, à massagem anticelulite, à análise de grupo e ao tobogã. Cumpro o programa completo, senão lá vem Juvenal dizer que estou velha egoísta ranzinza reacionária e o assunto acaba em Fazenda Modelo. Vem dizer que estou parada no tempo e que negar o desenvolvimento é negar a realidade, é renegar o feto dentro de nós. Ao que acrescenta o tal de Kirill: F. M., os incomodados que se retirem. Tem sempre uma frase, esse Kirill. Então tomo a roda-gigante que confunde céu com chão, céu com chão, léu com cão, daí acelera e dispara e não se vê mais coisa com coisa, se desgoverna, a gente perde a noção do tempo, do céu e do chão, perde a noção da gente, e quando susta ninguém mais se lembra de nenhum problema, volta para casa e dorme feito bicho de pelúcia.

15 de julho. A Ariadna era uma que também não andava satisfeita. Era contra as coisas. Só que em vez de se conter, reclamava o troco e vomitava na roda-gigante. Pois ontem a junta médica resolveu examinar o seu caso. O tal Kamorra, assim que lhe perscrutou o abdome com o estetoscópio, fez uma cara nada boa. Alertou os colegas e todos concordaram com a cara ruim. Suspeitava-se que Ariadna estivesse utilizando indevidamente o seu cordão umbilical, cuja exclusiva função, como se sabe, é alimentar a criança no útero. Mas suspeitava-se que Ariadna, através desse cordão, estivesse passando mensagens negativas, perniciosas, infecciosas, capazes de desencaminhar a criança desde feto. Impressões deturpadas do nosso mundo exterior e, portanto, informações contrárias ao interesse geral, conforme boletim oficial da junta médica. Ontem Ariadna não voltou com o ônibus. Permaneceu no laboratório em observação.

12 de agosto. Tenho me esforçado bastante, posso dizer que me violento para afetar naturalidade no dia a dia. Hoje a prova foi almoçar com Kebab e suportar a vista de sua boca mastigando. Procurei conversar amenidades e evitar pensamentos negativos, porque dizem que um mau pensamento pode comprometer a gestação, mãe e filho. Kebab me explica que a junta médica tem recebido denúncias de alguns casos sérios de proselitismo pré-natal. Ele enche a boca quando fala da junta médica, da rapidez de seus diagnósticos, da sua importância para a saúde pública. Conta que, quando há sintomas de doenças consideradas incuráveis e contagiosas, danosas à sociedade, a junta se atribui autonomia para agir prontamente. Nesses casos extremos, Kebab e seus operadores assumem o nome jurídico de Comissão de Eutanásia (CE) Não sei por que Kebab me contou essa história de boca cheia. Instintivamente, disfarçadamente, por baixo da toalha dei três cuspidas no chão. É uma superstição antiga e sem valer, essa que gestante não pode se impressionar com pessoas ou animais deformados, pois o filho nascerá com igual aspecto. Não acredito nessas lendas mas, por via das dúvidas e por amor de meu feto, estou sempre cuspindo para quebrar feitiço.

6 de setembro. A gestante não deve passar por baixo de cerca de arame, pois o cordão umbilical enforcará a criança na hora do parto. Juvenal reabilitou essa crendice porque conhece meu temperamento. Sabe que às vezes tenho ímpetos de errar por aí, saltar obstáculos, dançarolar, parir por aí, quem sabe ao lado de Abá. Mas Abá, diz Juvenal, Abá seria o primeiro a censurar tais aventuras. Hoje ele conhece o valor das palavras. Amor, liberdade, diz Juvenal, essas palavras são muito bonitas quando não estão em jogo valores maiores. Está em jogo o futuro dos nossos filhos. E é para eles que hoje existe um negócio chamado estabilidade. Um ótimo negócio, porque ninguém investiria num organismo sujeito a riscos, trancos, tombos, hemorragia, aborto.

8 de outubro. Feriado. Abá é o Campeão Sênior de Touros, isto é, campeão mundial de reprodutores na 1ª ExpoInter de Juvenópolis. A cidade repleta de faixas, marchas, espoletas, busca-pés e pirotecnia. Kirill aproveita para lançar novo *slogan*: Fazenda, modelo de explosão. Nós estreando as batas de lamê. Mas Abá passa longe e não repara.

9 de outubro. O atleta. Exposto de corpo inteiro na capa das revistas. Não nego que esteja bonito, continua em forma. Mas não entendo para que tanto exibicionismo. Campeão reprodutor, que vantagem. Sim, pois o filho que mal fez num dia me consome um diário. Um rosário de varizes. Um ventre que é uma trouxa. Uma cabeça que é um balde d'água. Uns seios túrgidos de hormônios galactagogos. A silhueta qualquer de uma batata. E uma bata ridícula que nem esconde tudo isso.

15 de novembro. Se menino ou menina, essa curiosidade sempre deu. Então, que fazia a mãe: somava os anos, subtraía os meses, não lembro, matava um porco, arrancava o rim do porco, ou cozinhava o coração da galinha, não lembro. Hoje vamos ao laboratório para o exame da cromatina. Concordo que é mais simples, não precisa matar bicho nem fazer conta. Retiram um líquido da gente, levam para o microscópio e dão o resultado em dois dias.

17 de novembro. Não era para chiliques, Aurora. Que vergonha, sossega, parece criança, sabe o que disse o laboratório? Que espero gêmeos. Diga a Abá que espere gêmeos.

12 de dezembro. Confesso que já não contava com essa emoçãozinha besta. É o dia que se aproxima. Terei leite suficiente para dois? Sinto seus movimentos. Sinto o peso das cabecinhas me achatando a bexiga. Dá vontade de urinar toda hora.

8 de janeiro. E precisava ver a volúpia de Lubino e Latucha negociando as minhas tetas. Só que os úberes, de tanto amor ou galactagogos demais, jorraram um volume absurdo de leite. Os filhotes engasgaram com o primeiro colostro. E me foram desmamados para sempre.

Desmamar bezerro não é nada, duro é desfilhar a mãe. Ela sente calafrios e decide aquecer o inocente, ensaia trazê-lo de volta ao ventre. Depois ela pensa que bezerro gosta que o enxuguem com língua de vaca. Ela é que está faminta e lhe impinge as tetas. Sedenta de afeto, incomoda o coitado com gordos afagos que ele não pediu. Juvenal custou a convencê-las que aquela abundância de leite não convinha às crianças, era artigo de exportação. Deixassem com ele que os filhotes já tinham a agenda tomada, o leite em pó e a cama feita no box apropriado. Ali cresceriam recendendo a éter, não mais ao estrume de antigamente. E que era para o bem dos bezerrotes. E que era para o bem das mães. Aurora, um exemplo, precisa compreender que já não tem o corpo de outros tempos, após tantas distocias. Além da decadência orgânica provocada pelo aleitamento de tantas gerações. Olhe-se no espelho, conte-se os dentes, repare só o detalhe da barbela. Deletério ofício, o de mãe, disse Juvenal. E consolou Aurora besuntando-lhe os seios com su-

FAZENDA MODELO

mo de babosa, que estanca o leite. Pense em si, Aurora, cuide do físico, poupe forças para o amor do amor dos próximos.

Finalmente as crianças foram internadas, ainda de olhinhos fechados, no box incubador. Este box é uma espécie de cavidade uterina, mais asseada, onde os pupilos hão de guardar a vigília que antecede a missão a que estão predestinados: povoar o Mundo Novo no dia de sua Redenção. Até então repousarão as pálpebras e Juvenal, pessoalmente, olhará por eles. Aliás, os primogênitos da nova Fazenda já começam bem. Senão vejamos as marcas:

NOME	SEXO	FILIAÇÃO	PESO
Lubino	masc.	Abá e Aurora	47,8 kg.
Latucha	fem.	Abá e Aurora	44,3 kg.
Lustroso	masc.	Abá e Baixinha	47,4 kg.
Ladislau	masc.	Abá e Balbina	47,1 kg.
Lumaca	fem.	Abá e Beleza	44,0 kg.
Lactâncio	masc.	Abá e Betina	46,8 kg.
Lia	fem.	Abá e Calu	43,9 kg.
Laranjinha	fem.	Abá e Bidu	44,1 kg.
Lucrécia	fem.	Abá e Baronesa	41,1 kg.
Lancelote	masc.	Abá e Dama	47,1 kg.
Ludovico	masc.	Abá e Ciranda	47,3 kg.
Lailã	fem.	Abá e Drusila	44,0 kg.
Lin	masc.	Abá e Delicada	47,0 kg.
Libitina	fem.	Abá e Eloína	43,7 kg.
Leôncio	masc.	Abá e Ernesta	46,9 kg.
Luar	masc.	Abá e Deodora	46,8 kg.
Lenore	fem.	Abá e Fina-flor	43,8 kg.
Lembrança	fem.	Abá e Faustina	43,6 kg.
Lucas	masc.	Abá e Gitana	46,8 kg.
Lambenço	masc.	Abá e Fantasia	46,6 kg.
Lambari	masc.	Abá e Isadora	46,7 kg.
etc.			
etc.			
etc.			

VII

DA TELA MÁGICA

Era uma novidade atrás de outra. Agora havia um vidro colorido, anteparo do vidro mágico que dividia a imagem em três faixas horizontais de cores diferentes. O colorido não repetia o natural das coisas, nem respeitava muito o contorno das pessoas, porém estimulava a nossa imaginação. Juvenal, em *close*, aparecia de farda azul, rosto vermelho e cabelos verdes, a voz pausada. Sua voz que esperava para só colocar o pronome no buraco certo e as ideias. Todos prestavam atenção ao cuidado com que Juvenal usava os verbos e os objetos. Então ele empregava muito a palavra quaisquer, palavra que, confesso, a gente mal conhecia. Não serão tolerados quaisquer abusos. Serão reprimidos quaisquer intuitos. Punidas quaisquer pretensões, e não punida qualquer pretensão, ou toda pretensão, ou serão punidas pretensões, como diria o vulgar, mas quaisquer quaisquer, que mesmo sem ser uma palavra especialmente bonita a gente acostuma e admira em Juvenal. Já se sabe que no dia seguinte todo mundo procurava imitar. No mercado: tem quaisquer peixes frescos aí? No cinema: eu gosto de quaisquer filmes coloridos. Lá em casa: Anaía, chama aí quaisquer dos meninos para mim.

Anaía é a minha mulher e estava comigo assistindo à pastoral. Compreendi e assimilei sua emoção quando Juvenal comunicou o nascimento da primeira geração programada da Fazenda Modelo. Panorâmica do box, *tape* dos infantes. *Take* de Lubino e Latucha, os gemeozinhos realengos, nata da nata da Fazenda. Passei a mão na barriguinha de Anaía. Captei uma agitação lá dentro, pontapés quando Juvenal falou da ordenha mecânica, *flash* de Aurora mãe do ano ligada nos fios, brilho nos olhos de Anaía. Tomada de Abá campeão mundial erguendo a taça. Corte para Juvenal e cifras. Fantástica a produção de leite tipo A. Juvenal expondo o quanto aquilo representava em divisas para a Fazenda. Que com o superávit do leite exportado poderíamos tranquilamente importar manteigas, queijos e iogurte.

Boa parideira e leiteira, Anaía já me deu sete filhos. Bem, é evidente que não dá para comparar com os bezerros de ouro que acabam de aparecer na tela. Reconheço que houve precipitação de nossa parte, faltou planejamento e até uma ordem alfabética. Tanto que hoje, olhando os garotos, você confunde os nomes e não se lembra quem é mais velho, se o baixinho espevitado que vende chicletes na cidade ou o grandão amarelo que só diz dadá. Mas o clarão da tela nos enchia de confiança no futuro. E quando eu acariciava a barrigudinha, minha confiança abrangia o oitavo filho já encomendado. Anaía retribuía as carícias iluminando-se de azul, vermelho e verde. Estava no ar a magia, radiadas suas ondas na plenitude do descampado.

Passada a comoção dos anúncios natais, Juvenal apresentou seus novos projetos, entre os quais me permito destacar o da moradia própria. Segundo tal projeto, todo inquilino em breve poderá ser proprietário. Mais: nossos bairros serão providos de todos os confortos que se possa imaginar, até mesmo uma rede de esgotos. Um plano de pagamento em parcelas cabíveis em qualquer orçamento, algo assim como os atuais aluguéis. E as oportunidades crescentes de trabalho ainda me permitiriam o luxo de fazer da casa própria a mais bonita do quarteirão. Anaía, a mais bonita do município, mais e mais se orgulharia da casa paga, do filho registrado e do próprio marido. Sim, porque Juvenal ainda dizia que pretende imprimir à Fazenda Modelo um ritmo estimulante de expansão que não se limita ao pastoreio. Palavras dele. A alta administração da Fazenda manifesta grande interesse em incentivar quaisquer investimentos no campo industrial. E quem mais lucra com isso é justamente o descampado, este solo ácido onde é só chaminé que, em se plantando, dá.

A fábrica onde eu trabalho, não chegava a ser uma fábrica, era uma olaria que passava a metade do tempo fechada. Do jeito que ia não podia crescer. Eu também nunca iria progredir, hoje fazendo tijolo e amanhã, biscate. Porque tinha um pessoal que funcionava mais no portão da fábrica do que propriamente lá dentro. Principalmente os seguintes: João Martelo, João Batista e João Paixão. Esses três não trabalhavam e queriam decidir se nós outros devíamos trabalhar ou não. E eu com uma bruta energia de quase pular o cordão, furar o portão e trabalhar nem que fosse sozinho. Mas agora, se bem entendi a pronúncia de Juvenal, esses contratempos não se repetiriam. Ninguém haveria de me barrar, Anaía me apertando a mão de obra, me beliscando com força e assombro. Pois agora ninguém mais cruzaria braço nenhum para discutir aumento de salário. Se aumenta o salário mínimo, aumenta também a prestação da casa própria. Daí reajustam o preço da gasolina, do trem, do pão e vira uma inflação que não precisa ser economista para adivinhar que é pior para todo mundo. Depois, se você trabalhar nas horas extras que perde reclamando aumento, é lógico que aumenta seu salário sem inflação, sem confusão, sem piquete no portão nem nada, digo mal?

VIII

OURO BRANCO

Ao apresentar seu programa administrativo, Juvenal omitiu deliberadamente um projeto que causaria enorme impacto popular. Preferiu aguardar resultados palpáveis para anunciar aos espectadores o êxito do Esperma Export. Alguns *experts* e uns poucos assessores mais íntimos cercavam de sigilo a Estância Castelã. Discutia-se a validade dos diversos processos conhecidos para a coleta do sêmen.

Primeiro processo: coleta de sêmen na vagina. A formação moral do bom Juvenal tornava quase proibitiva a aplicação de semelhante método. Sua índole religiosa custava a conceber tamanha aberração. Sêmen na vagina. Era como voltar ao tempo em que se copulava indiscriminadamente, abusando da natureza. Ele inclusive já tinha prevenido Aurora e suas colegas de ninfomania para que vaca nenhuma contasse com Abá antes da nova estação da monta. Nao que Juvenal desgostasse de Aurora ou pretendesse puni-la. Aurora não tinha culpa de personificar um passado de excessos e ignomínias e imundícies e devassidão. E no entanto, talvez por isso mesmo, era ela o afrodisiaco mais indicado para suscitar em Abá ejaculações industriais, como pede o programa. Doutro lado os promitentes compradores estavam com pressa e mandavam dizer que nada entendiam de formação, de moral, de índole. Seus embaixadores constrangiam a Estância. Juvenal resistia à ideia de ver seu castelo ocupado até por muçulmanos e outros povos de tão inimiga tradição. Mas os assessores asseveravam que, com os poderosos e as finanças, há que ser pragmáticos. As ideologias e as profundas convicções, isso depois a gente desabafa no quintal.

Decidiu-se pela operação, desde que amparada pela discrição que convém a um segredo de estado. Para evitar curiosidades, Aurora usaria um capuz no trajeto do touril. Quem visse passar uma vaca encapuzada podia pensar que era fantasia de careta. E assim foi que, para surpresa recíproca, Aurora e Abá se encontraram no sábado de carnaval. Comeram-se, beberam-se, pularam--se, ruborizaram Juvenal com suas folias. Juvenal tinha convidados, afinal. Os embaixadores incrédulos. E o par de amantes tramando movimentos espirais, elípticos e parabólicos, faltando à etiqueta. Trocavam-se sussurros mamelucos, capazes de chocar as visitas. Horrorizavam a plateia com seus movimentos siderais, epilépticos, diabólicos. Tentaram-se variar nas sessenta e quatro posições, mas felizmente não resistiram a mais que trinta e duas. Então, aproveitando-se da momentânea fraqueza, dezesseis agentes imobilizaram Abá, enquanto Juvenal e os *experts* da junta médica se ocupavam da Aurora. Ela ainda estava gozando aquele quentinho tão bom a lhe lubrificar as pregas quando Juvenal intrometeu um instrumento feito uma pipeta, aspirando o quentinho e deixando saudade só.

Tal sistema, porém, não é muito recomendado, pelo risco que oferece de propagação de doenças nos órgãos genitais do touro e da vaca. Ademais, os *experts* constataram que geralmente o esperma sai contaminado por secreções vaginais e outras impurezas.

Segundo processo: vagina artificial. Esse método parece ser o mais satisfatório e prático. Quando o reprodutor é ativo e responde facilmente, o sêmen é colhido com rapidez e sem maiores contratempos. Requer uma fêmea, no caso denominada manequim, entre cujas virilhas se acondiciona uma espécie de bolsa ortopédica. Mas desta vez Aurora não quis se prestar ao embuste:

— Leva uma daquelas vacas do descampado.

Juvenal mandou vir sete novilhas encapuzadas para evitar curiosidades. Quem visse passar sete vaquinhas de capuz jurava que era um bloco de sujo. E Abá deflorou as capuchinhas, destruindo e chutando longe o engenho coletor de esperma, como se fosse um tampão usado.

Terceiro processo: coleta por massagem retal. É de grande eficácia quando o touro está incapacitado para a monta, o que não é o caso de Abá. Abá também estava enjoando daquela massagem ali e disse que assim não queria mais. Impaciente, Juvenal convocou a assessoria para uma reunião extraordinária. Na ocasião ventilou-se a insatisfação geral da clientela ante os maus resultados dos testes. Alguém chegou a insinuar que a imagem da Fazenda Modelo estava sendo denegrida no exterior. Certamente interesses escusos chegavam a colocar em questão a nossa virilidade. Segundo essas calúnias, a propalada impetuosidade do nosso macho não é um caso de potência desenfreada, mas sim de ejaculação precoce. À assembleia indignada restou referendar a última alternativa, mais onerosa, proposta pelos próprios clientes. Estes nos exportariam, conforme Juvenal finalmente admitiu, toda a maquinaria e o *know-how* necessários à aplicação do quarto e mais científico dos processos de coleta.

Quarto processo: eletroejaculação. O líquido pode ser obtido por uma espécie de sonda elétrica, cuja invenção se baseou nos trabalhos do cientista Gunn e de outros investigadores de fazendas mais industrializadas. Foi necessário ampliar o touril para montar tamanho aparato. Quanto a Abá, não é que ele se deslumbrasse com as comendas que Juvenal lhe prometia. Abá aceitou colaborar com a experiência por se tratar duma ótima oportunidade de investigar os meandros do poder, sabido que à cerimônia estariam presentes os mais soberanos escalões. Mais tarde colocaria os seus, e particularmente Aurora, a par das malícias e falácias que se produziam lá dentro.

Sim, estendido na arena de patas para o ar, finalmente Abá via os invisíveis em pessoa, em primeiro plano, em foco, em grande angular. Os invisíveis usavam botas descomunais. Possuíam apenas duas pernas que mal sustentavam um tronco que mal equilibrava uma pequena cabeça. Seres não reses quase eretos que lá do alto falam um *know-how* que muito mal se entende, mas que se obedece. Suspense. Contagem regressiva. Suspense. Acionado o motor. Tratava-se de utilizar os estímulos produzidos por corrente elétrica bem baixa, aplicados intermitentemente no músculo bulbocavernoso. Não dói. A sonda era introduzida como que num poço, perfurando as entranhas de Abá que prometiam ricos filões. Suspense. Um gradativo aumento na potência da corrente atiçava os nervos da uretra do fundo do mundo, promovendo o estiramento da verga e a ereção. É bom. Súbito uma majestosa torre extraindo a pujança do meu subsolo, sugando as minhas secretas jazidas, sorvendo o sumo do meu cerne, sangue dos meus lençóis, oh plataformas, óleo dos meus bofes, seiva do meu coração. E o ouro branco choveu em jatos contra o céu. O fluido inicial era uma secreção clara, aquosa, procedente das glândulas acessórias, que contêm poucos espermatozoides. Mas depois desse material o ejaculado tornou-se um líquido leitoso, denso, opulento, no qual Juvenal se lavou e dançou. Exaltado e ufano, beijou os hóspedes nas faces e nas botas. Os hóspedes reconheceram a excelência da matéria-prima com exclamações intraduzíveis. Brindaram o feito tintinando tubos de plástico com amostras do sêmen.

Os invisíveis sumiram com seus carregamentos deixando um Abá prostrado, gigante entorpecido. Juvenal cutucava o herói. Foi-se o tempo de vizinho achar graça de nós. Está provado, Juvenal

FAZENDA MODELO

cutucava, que isto aqui deixou de ser um ninho de sucuris, sacis, jabutis, paus gentis, garrotes vis e sombras de 40 graus. Agora somos uma Fazenda em vias de industrialização. Nossa imagem vai se assemelhando à imagem dos grandes. Aos poucos iremos ficando louros, lisos, brancos de neve, diáfanos, transparentes, até que invisíveis, para também podermos rir das outras fazendo-las que só têm *don't know-how.*

Abá cutucado, não sei se pelas medalhas ou se por recente vício, pediu mais, mais e mais eletroejaculação.

IX

OS PREDESTINADOS

Uma terceira hecatombe irromperá, e tão tenebrosa que poucos sobreviventes haverá na Terra. Juvenal, Tenaz e Justo, prepara o corpo e o espírito daqueles que foram predestinados a superar a grande tribulação, o grande terremoto, o sol feito negro como pano de crina, a lua feita toda como de sangue, as estrelas caindo como archotes sobre a Terra, o céu dobrando-se como folha que se enrola. Os eleitos não terão fome nem sede, não os molestará o sol nem chama alguma. Ali na penumbra do box, não os molestam as moscas. Os bezerros dourados ignoram a luz, por enquanto, por impura. Naquele abrigo antitudo, ignoram a besta de sete cabeças e dez chifres, e dez diademas nos chifres e títulos blasfemos nas cabeças. Que caia a estrela de absinto que amarga as águas que matam o gado. Que ardam os mares e se apaguem os sóis. Lubino, Latucha, Lactâncio, Lia, Lin, Lucrécia, Luar, Lembrança, os filhotes de Juvenal engordam e apenas engordam. Arrotam. Não receiam. Juvenal será o seu pastor e enxugará as lágrimas dos seus olhos. Não choram, não pensam. Dispensam palavras porque, naquele breu, são como irmãos univitelinos e ninguém perturbaria o silêncio morno e esponjoso da placenta.

E Juvenal viu que estava bem-feito. Amanhã poderia expor ao mundo exemplares dignos de idolatria, novos Ápis. Romarias e embaixadas acorreriam para se benzer naquele templo dedetizado. Tudo perfeito, sim, até que nasceram os primeiros dentes das crianças. Não havia necessidade de dentes. Não estavam previstos. Dentes são heranças bárbaras de agressividade, especialmente os caninos. Sabe-se por exemplo que, pela evolução natural da espécie, unhas e chifres vão se tornando menos aguçados a cada geração. São armas inúteis, tendem a desaparecer. Aliás, Juvenal sustenta que todas as coisas pontiagudas acabarão arredondadas. As próprias cordilheiras, com a erosão, redundarão em formas brandas, assim feito gengivas. Foi a partir dessa tese que Juvenal decidiu suprimir os alimentos sólidos ou fibrosos das dietas infantis. Pouco a pouco quem sabe se os dentes não desistiam e voltavam atrás. Questão de dar uma ajuda à evolução natural. Isso ele decidiu por conta própria, sem consultar pedagogo, nutricionista ou livro algum. Orgulhoso, Juvenal afirmou tratar-se, a longo prazo, de uma solução aldeã para problemas globais.

Mas os dentes não desistiram nem voltaram atrás. Incisivos, cresciam e ameaçavam, reclamavam fibra e favas. Rejeitavam o mingau de farinha de ossos, tão rico em cálcio e fósforo. Pois um dia parece que um novilho amuou, parece até que um arruou, uma outra fez cara feia, Juvenal atônito. Será que ninguém gosta de mingau? Por que será que ninguém gosta de mingau? E desde quando alguém aqui gosta ou não gosta de mingau? Vamos já ver quem é que não gosta de mingau. Mingau para todos. Uns mal tocavam a manjedoura, uns bochechavam e cuspiam. Os mais atrevidos ainda ficavam mastigando o vazio, talvez com intenção de preservar o hábito, afiar o gume, afundar as maxilas, ou talvez com a intenção premeditada de provocar Juvenal. Como, de quem, por que fresta teriam assimilado tais modos? Ora, parece a borra do descampado, do passado, do tempo dos bisontes. E pela primeira vez na vida Juvenal se viu obrigado a repreender os pirralhos. Achou ruim? Nem adianta fazer barulho que é pior. Engana-se gravemente quem pensa que vai alterar a dieta resmungando. Quanto mais você chorar, mais mingau tem que comer. Quanto mais favas pedir, mais mole vem o mingau. Quanto mais fibra quiser, idem. Advertência que se provou eficaz. Algum tempo depois, quando os vitelos receberam favas e fibras na refeição, não souberam o que fazer daquilo, tinham-se esquecido. Seguiram comendo mingau em calda e achando ótimo. Isto é, só quem resmunga são os de sempre, que não têm jeito mesmo, resmungam pelo prazer de resmungar. Tanto que comem todo o mingau, lambem a manjedoura, depois é que, barriga cheia, ficam com a boca moendo e remoendo vento, adrede para irritar.

Sentindo muito, Juvenal confiou a tutela dos mais indóceis a Kahr, Kurn, Katazan e outros educadores da mesma estofa. Estes não pediram mais que um curto prazo para domar a garrotada, habituá-la ao jugo, refrear-lhe os ímpetos, tirar-lhe as manhas e birras, pacificar-lhe a índole, até que cada um aprendesse a marcha, atendesse pelo nome e depois calasse a boca. O método mais simples consiste em atrelar o xucro entre dois mansos, pelo cangote, através dum ajoujo de couro. Desse modo, sempre que os mansos mantenham a cabeça na direção da fieira, ou olhem a manjedoura, ou olhem o chão, ou não olhem nada, e deitem e durmam e evacuem, por força que igualmente procederá o selvagem geminado. Via de regra dá certo, mas sempre há o novilho corrosivo a urdir tais artimanhas que, no convívio, a junta de mansos é que o acompanha no virar a cara, esbravejar, saltar e investir. A esses indivíduos resta apenas espetar o dorso com o aguilhão ou com a vara de ferrão. Ou finalmente jungir a besta ao jugo-jerê, que é uma canga giratória para quebrar o animal, esmorecer-lhe as resistências, derrubá-lo tonto ao fim da jornada circular. Mas acontece que ainda assim sem fôlego e sem sentidos, há uns tipos que de noite continuam trincando os molares, o que já passa de indisciplina, é bruxismo. Feito o novilho Ladislau.

Esse era um inversivo. Sempre contrariando o ambiente, era um camaleão às avessas. Recusava vitamina, tomava animativ. Canhoto, assinava o codinome: Ualsidal. Invertia o prato e a gaveta, queria virar o globo de cabeça para baixo e chamar o polo sul de polo norte, por que não? Plantava bananeira e soltava gargalhadas da nossa posição ortodoxa. Gostava também de tossir para dentro, pode? Assobiava com o nariz. Marchava à ré, entende?

Isto é um inversivo. Ativo. Nocivo porque cochichava no ouvido dos inofensivos. Sendo que acabou cativo em local distante, em box solitário onde tempos permaneceu, morto ou vivo.

— Os adoradores da besta (a de sete cabeças e dez chifres, e dez diademas nos chifres e títulos blasfemos nas cabeças) não terão descanso, nem de dia nem de noite. Padecerão em fogo e enxofre. Cairão no abismo de onde sairá uma fumaça como a de uma grande fornalha. Dessa fumaça irromperão gafanhotos dotados de poderes semelhantes aos dos escorpiões da terra. A esses gafanhotos será dado o poder de não matar os adoradores da besta, mas de os atormentar durante cinco meses. O tormento que causarão será como o provocado por um escorpião quando pica uma pessoa. Naqueles dias os adoradores da besta procurarão a morte e não a encontrarão; desejarão morrer, mas a morte fugir-lhes-á.

Ladislau Luís

Meu filho querido. Não calculas o quanto tenho sofrido por tua causa. Já não bastavam os desgostos que nos deste no passado? Teu pai vive callado e sem appetite desde que soubemos da desgraça. Diz sòmente que não mecherá um só dedo por ti, pois deves pagar pelo mal que fizeste à sociedade. Tu sabes como elle é severo. Teu pai anda muito nervoso, e chegou a dizer que jamais te perdoará, não te considerando mais como filho seu. O que fizeste, meu filho, da educação que te proporcionamos com tanto sacrifício?

Tenho rezado muito por ti, filho. Não entendo como tu, formado na fé cathólica e ultramontana, agora te voltas contra o Todo-Poderoso. Por que O renegas? Custa-me crer que chegaste a êsse extremo. Não foi Santo Thomás de Aquino quem affirmou que a virtude está no meio? E tu não lêste a Summa Theológica?

Aqui em casa as coisas não vão nada bem, como podes ver.

FAZENDA MODELO

Preoccupa-me sobretudo a saúde de teu pai, cada dia pior. Tu sabes que elle tem problemas cardíacos, será possível que pretendas matal-o? Pensei em visitar-te, meu filho, mas teu pai não concordaria. Também não sei com certeza onde te encontras, nem se podes receber visitas. Tio Klaus gentilmente encarregou-se de fazer com que esta te chegue às mãos. Elle tem óptimas relações, e assegurou-me que serás bem tratado ahí. Acredito mesmo que, de qualquer maneira, estarás sempre melhor do que no inferno interior em que vivias últimamente.

A despeito de tudo, beija-te e afflige-se por ti, ansiosa,

A tua mãi

Explicaram que a carta era meio antiga devido à dificuldade em me localizar. Disseram que meu tio era um homem com agá maiúsculo. E avisaram que tinham duas notícias, uma boa e uma ruim. Primeiro a ruim: mamãe morreu. A boa era que me concediam liberdade condicional por comportamento prestadio. (Bom e Ruim: Bom te levava um prato de sopa, Ruim te acordava com um chute nos rins. Ruim machucava teu orgulho de macho, Bom te contava o futebol. Na hora da janta lá vinha Bom: tu abrias a boca e engolias um soco de Bom virado Ruim. Depois era Ruim quem te levava cigarros, fazendo cara de Bom. E se Ruimbom não te surrasse, naquele dia davam-te ganas de beijá-lo todo.)

— Nós reconhecemos que há métodos condenáveis dentro de nosso sistema. Reconhecemos também que foram praticadas algumas injustiças irremediáveis. Reconhecemos com a maior consternação — e aí ele podia estar chorando de verdade, mas não dava para ver por causa dos seus óculos escuros de grossos graus —, com a mais sincera consternação que uma considerável parcela da sua geração foi sacrificada. Mas não em vão. Entenda que no atual contexto nós servimos como um sapato novo. Um sapato novo, é incômodo, aperta e comprime. Mas depois que se habitua, fica fazendo parte do pé e vai durar a vida toda. Agora, se você começar por um sapato folgado, amanhã está largo demais, depois vira chinelo, fim do mês não presta, é jogado fora. E nós não queremos ver a mocidade descalça, cortando os pés nos pedregulhos da estrada. Portanto, agora que você está de partida, gostaria que olhasse também o outro lado das coisas, o futuro que é todo seu — e aí ele podia mesmo estar debochando, mas eu não entendo por que é que eles usam esses óculos escuros, de fundo de garrafa, sempre, mesmo de noite e em ambiente fechado —, todo seu.

No meio-dia seguinte saí com a roupa do corpo em gozo de felicidade condicional. Fazia sol demais, mais que da última vez. Chorei no meio-fio, feliz feito menino órfão e deserdado. Só levantava a cabeça para ver passar uns moços bonitos e floridos, falando umas palavras engraçadas que eu não conhecia. E voltava a chorar, com muita pena de me achar feio e chorão. Levantava para acompanhar uma mocidade descalça e alegre, tentava entrar no assunto e contar uma história, mas as pessoas não me entendiam, fugiam. Sentava no meio-fio e desandava a chorar, chorar, chorar até que começou a escurecer. Faltavam quinze para as sete e havia mais carros do que na última vez. Tentei uma carona em qualquer direção, sem êxito. Os carros corriam mais do que na última vez. E quando engarrafavam, buzinavam mais do que é possível. Estão todos loucos, pensei. Segui pela calle Vargas pensando que estában muy locos, los coches. Quase tomei coragem de voltar a la Guardia Nacional y preguntar: que hubo? Ou será que existe um toque de recolher e eu não estou sabendo. Ladislau tenia mania de perseguição. O toque de recolher era às sete e faltavam dez. Dez minutos para no llegar a lugar nenhum. Não me falaram nada do toque, não me deram a senha e os carros buzinam demais. Não me deram buzina. Binóculos escuros, paletós. Distintivo na lapela é senha? Cinco minutos e me enfio entre os carros. Os para-brisas passam repletos de senhas com estranhos dizeres. Bandeiras, caveiras, corro no fluxo do trânsito. Quase tanto quanto um carro corro. Carro freia no sinal vermelho, eu

não. Cinco segundos, quatro e lá vou eu, 3, 2, 1 sem corpus nem
bonus nem munus nem status hum = zero, oremus:

Quem me viu de borco diante da Candelária acreditou que eu
estava rezando, mas eu estava era adorando as ruas da minha
cidade que são feitas de piche que o sol derrete e que absorve as
tampinhas de brahma ou coca-cola ou tampinhas do verão passado que já perderam a marca e são confetes e alianças e coisas de
lata que vistas de perto assim como eu nunca vira compõem cola-
gens com guimbas e envelopes de cigarro e palitos de fósforo e
cascas e bagaços de tangerina e óleo queimado e todas as subs-
tâncias que o homem despreza e defeca e que conferem ao asfalto
um gosto bom de soco no nariz e escarro e borracha de pneu, que
na hora do extremo apego todos os hálitos são melhores que
hálito nenhum. O nariz melado e a boca e as mãos grudando e o
peito e o joelho e o bico dos pés e meu corpo inteiro afundando
no pudim de piche de modo que, se amanhã você parar no centro
da cidade onde ninguém para, num cruzamento perigoso de parar,
e prestar atenção ao que ninguém presta, vai reconhecer meu pus
e meu coágulo e meu couro participando da textura da avenida
como eu sempre quis, como me predestinei, e assim seja.

Aí Labão descobriu que Lucrécia estava nua. Lucrécia sentiu vergonha de Lechuga que se escondeu atrás de Luanda que espiou
Lin que espreitou Laranjinha que sorriu para Lustroso que piscou
para Louça-fina que rebolou para Ludovico que foi cheirar o
rabo de Lumaca. Juvenal flagrou Lumaca tentando Lucas que
mordeu a maçã de Lia que cutucou Luar que beliscou Lailã que
deu um pulo e esbarrou em Lambenço que tropeçou em Ludmila
que caiu por cima de Lambari que se valeu da posição para ver
Lenore tomando banho. Juvenal indignado com a sonsice de Lenore fazendo poses para Lactâncio fotografar Lembrança que fez
um verso para Lenço-branco que fez cosquinha em Libitina que
fez beicinho para Leôncio que cantou besáme mucho para Leo-

nor que preferiu Lancelote que chamou Lili que perturbou Licário que sonhou com Leva-a-mim que tanto chorou por Lineu que brincou de médico com Labareda que afinal dançou a quadrilha com Lord Jim. Juvenal fechou os olhos para não ver Latucha ver Lubino ver Latucha ver Lubino ver Latucha.

Mais essa decepção, e Juvenal aprendeu que o instinto do coração tende ao mal desde a juventude. Para as novilhas fez construir um claustro medindo oitenta por vinte côvados, calafetado com betume por dentro e por fora, onde elas purificassem aguardando o primeiro catamênio e a idade de conceber e engravidar e estalar e dar à luz entre dores. Aos novilhos (excetuado o imprescindível sucessor de Abá) cumpria ministrar o sacramento da castração, que favorece as virtudes da alma e a qualidade das carnes. Favorece a entonação de sopranino com que os eunucos cantarão os sete salmos penitenciais, à espera do dia da grande hecatombe. Nesse dia sucumbirão os que, entre um salmo e outro, perseveraram no pecado, ainda que em pensamento e íncubos. Arderão em seu próprio desejo inviável, insaciável e cáustico. Somente os eleitos serão resgatados do meio da Terra e na Terra Nova serão bem-aventurados. E flutuarão sobre um como mar de cristal, munidos de harpas, entoando um como novo cântico triunfante de louvor. Porque esses nunca se mancharam com mulheres, sendo virgens.

X

POVO NA PRAÇA

Ainda hoje vive uma gente tendenciosa pesquisando jeito de criticar a administração da Fazenda Modelo. Essa gente fica sem graça de falar do Esperma Export e outros sucessos, vai daí que vem com demagogia. Diz-se que o surto de enriquecimento da Fazenda só interessa a uns poucos, ao gado extra ou de primeira, no máximo ao de segunda classe. Enquanto a maioria, são os críticos que o dizem, a maioria, não sei. Ora, todos nós ouvimos Juvenal, já no discurso de posse, dirigindo a palavra ao povo dos descampados. E agora é Juvenal pessoalmente quem confirma as atenções de que mesmo as classes mais ínfimas são merecedoras. Afinal, o gado daquelas bandas é talvez o único, no mundo inteiro, criado com o objetivo principal do trabalho. Raças rústicas ou pouco melhoradas, hoje em grande decadência, que na Fazenda Modelo ainda têm seu lugar ao sol na nuca. E quando já não podem com a canga ou com o carro ou com o sol, decrépitos e alquebrados, aposentam-se nas invernadas e engordam, graças à previdência social. E esperam na fila do abate, podendo fornecer carnes de terceira ou quarta, que não são de se jogar fora.

De sábado para domingo houve quem dormisse na praça para amanhecer ao pé da estátua. Essa estátua enorme estava coberta por manto roxo, como os santos das igrejas na semana da paixão, o que atiçava a expectativa geral. O grosso da multidão chegou às sete, sete e meia, e depois da missa não cabia mais quase ninguém. O silêncio era de missa, fora uma ou outra criança irreverente querendo se meter por debaixo do pano. A lotação esgotou às dez e um bom lugar já se pechinchava no câmbio negro, em tom segredeiro de oração. As onze e meia apareceu mortadela. Coleta ao meio-dia para a cervejinha. Uma senhora desmaiou. Iniciado o torneio de porrinha. Pequeno tumulto às duas por

Povo na praça

2. Norte (Sucursal) — "O progresso irrefreável da Fazenda Modelo e a incrementação de suas riquezas e benfeitorias implicam, necessariamente, em proporção direta, no aumento das responsabilidades de segurança, baluarte que é de qualquer empreendimento".

Tal declaração foi prestada ontem, na Zona Norte, pelo conselheiro-mór Juvenal, na cerimônia de inauguração do Bebedouro Keitel, ou Panelão, como já é conhecido popularmente o maior bebedouro daquela região.

Discurso

Quatro mil animais presenciaram a cerimônia agitando flâmulas e cantando a marcha "Viva Fazenda". Juvenal principiou o discurso afirmando que "sob nossa vigilância constante, o funcionamento deste bebedouro permanecerá em perfeita sintonia com o Bebedouro Central, do qual partirão todos os assessoramentos, tendo sempre presentes os interesses primordiais da instituição".

Improviso

De terno escuro e muito bom humor, o conselheiro-mór quebrou o protocolo ao dirigir-se informalmente aos populares, improvisando diálo-

 O COAGULANTE!!!
Qualidade Comprovada

Embalagem:
500 gramas
BEM MAIS BARATO
 IMPORTAMOS O MELHOR

motivo de futebol, seguido de batucada. Às três novo tumulto por motivo de passarem a mão em mulher acompanhada. Aglomeração dá nisso. Ordens para evacuar o local às quatro. O povo circulou, disfarçou, embaralhou e voltou a lotar o local às cinco com nova disposição. Nova batucada, barulho e bordoada por

apóia Juvenal

SUA FAZENDA PRECISA DE UMA KKKK MOTO-SERRA PORTÁTIL
árvores, mourões, esteios, lenha etc.

gos com funcionários e autoridades locais. Juvenal encerrou as festividades cortando a fita simbólica e abrindo o bebedouro ao público. Foi saudado pelas crianças do grupo escolar K. Kramer que cantaram em coro mais uma vez a marchinha "Viva Fazenda", sob a regência do maestro Karim.

Ao se despedir, o conselheiro voltou a quebrar o protocolo, citando à assistência o velho ditado: "Boi ligeiro bebe água, boi romeiro bebe lama". O bebedouro mede 20x20 ms. Muito embora suas dimensões permitam que 80 reses se sir-

vam dele simultaneamente, os bois colocaram-se em fila indiana, sendo que, mesmo sedentos, ninguém quis ser o primeiro da fila.

Trabalhador

O conselheiro-mór embarcou às 13 hs. em seu jato oficial, dando prosseguimento a seu extenso programa. Ainda hoje (ontem) deve visitar um estaleiro, uma usina, um hotel, um aeroporto e outras obras públicas espalhadas pelos quatro cantos da Fazenda Modelo. Ainda consta de sua agenda a inauguração de um Monumento ao Trabalhador.

KULMACO
Tudo em Materiais de Construção
Financiamos
Facilitamos

um bom lugar. E às seis foi um tremendo oooooohhh, quando baixou o helicóptero. Foi aquele empurra-empurra e esfrega esfrega por causa do motor, da sirene, do pânico e do pó que o bicho levantava. Muita gente perdeu outra vez o lugar e metade acabou fora da praça, porque precisava abrir espaço e a comitiva era muito grande. Gente menos esclarecida também saiu por gosto, antes da festa, satisfeita de conhecer o helicóptero.

Era um momento, um acontecimento. De repente Juvenal, em carne e osso, ao lado do monumento. Usava óculos escuros, Juvenal, mais alto e mais imponente que na tela. E já começou o discurso elogiando o nosso brio, a nossa raça indígena, ou a nossa raça indefinida que é resultado do cruzamento de várias raças. E aquela estátua era uma singela homenagem ao boi trabalhador da Fazenda Modelo, vejam. "Esse instrumento dócil que nos deu a divina providência, oferecendo-nos as suas energias e faculdades, essa ferramenta maleável que segue instintivamente suportando, com uma paciência e submissão admiráveis, as fadigas e privações que lhe impomos." Meu povo, o trabalhador serviçal e triste, nada exigente, grande porém em sua tristeza e soberbo em sua humildade, disse Juvenal. Salve boi ordeiro, boi de presépio, boi mansidão. Boi dolência, salve boi caracu, cuja sobriedade está bem acentuada porque ordinariamente, com a pouca alimentação que recebe, trabalha fortemente desde manhã até de noite. Salve boi de correia, boi de obra, boi de indústria. Vivam os bois rudes, nos engenhos de banguê, que movem as almanjarras que movem as atafonas que trituram a cana que dá a cachaça que move os rudes. Que acionam as almanjarras que ativam as atafonas que torturam a cana que entorna a cachaça. Que move os rudes que movem as almanjarras que moem a cana que motiva os rudes a motorizar esta nação.

À luz dos refletores Juvenal nos descobriu o Monumento ao Trabalhador. Anatomia: tipo muscular, pele grossa, cabeça curta, orelhas grandes e felpudas, o colo carnoso, espáduas grossas e largas, as cruzes salientes, o espinhaço forte e breve, a papada pendente até o joelho, joelhos sólidos e cilíndricos, jarretes sãos, as articulações íntegras, amplas ancas, os pés no chão, sinais particulares distribuídos pela carcaça. E eu só queria ter minha Anaía ali perto para dizer se o Trabalhador era ou não era a minha cara, em tamanho maior. Benzam-me a boca se não parece até que fui eu que posei para aquela escultura.

De excelente humor, o conselheiro-mor Juvenal quebrou o protocolo antes de partir. Dobrou o discurso e citou de cabeça o ditado popular: "Do boi só se perde o berro." Deu um tapinha no dorso da estátua, acrescentando: "Por isso mesmo é que nesta profícua Fazenda" — sorriu — "ninguém mais berra."

XI

KULMACO LTDA.

— Aaiiinnnnheeegggggglllllzzzzzm!

Esse grito de Anaía, coitada, levava qualquer coisa de tétrico, desagradável mesmo. Nasal, gutural, animal, um coral de gritos desentoados. Vocês não reparem não. Nem confundam com a Anaía habitual que sempre foi um doce, sempre deu gosto de se apresentar. Mas eis que prenhe pela oitava vez, após sete partos tranquilos, deu para sofrer assim. Também não era à toa que a sua barriga, enorme barril, estava que estava que queria estourar no minuto seguinte. Como já não havia pano que cobrisse tanta barriga, a gente tinha que ficar vendo aquilo inchar. E como faltava pele para suportar tamanho volume, a minha Anaía começou a rachar, bojuda e estriada que nem concha. Era aflitivo. Era como se acumulasse um monte deles, uns seis. É isso, resolvi, só podem ser gêmeos. Corri e contei a Anaía que gritou mais ainda. Mas eu dormi bastante envaidecido com a novidade dos gêmeos.

Confesso que recei um pouco, a princípio. Imaginem uma fachada inteira de casa modesta, em bairro operário, coberta de ladrilhos cor de gelo. Podia mesmo dar a impressão de mictório, ainda mais que o pessoal sai zonzo da cervejaria aí em cima, misturando tudo, louco para fazer um mau serviço no primeiro muro. Mas para meu alívio o conjunto resultou tão digno que hoje mal se suspeita em cada unidade o objeto enjeitado que foi, na Kulak Materiais de Construção, fábrica onde trabalho. São ladrilhos rachados, descascados ou deformados que as máquinas não têm paciência de endireitar. Indústria séria não deixa passar um simples arranhão, coisa que a gente retoca com um mínimo de carinho e verniz. E assim fui montando, como um quebra-cabeça, o painel do meu orgulho e da inveja alheia. Eles desciam a rua discutindo alto qualquer coisa, fosse futebol, mas quando passavam diante de casa o time deles estava sempre perdendo, pela cara com que rosnavam. Para evitar maledicências, ainda tentei convencê-los a seguir meu exemplo. Expliquei que o acesso ao depósito de encalhes não era privilégio meu. Porque se você quiser para si umas porcarias duns ladrilhos estragados, leva da Kulmaco de mão beijada. Vai por mim que sai mais barato fabricar a nova peça, matéria-prima incluída, do que recuperar a danificada. Escolei-me nesses assuntos à custa de alguma leitura e muita prática. Eles não, só falam política, mulher e futebol, não podem mesmo ter casa bonita. E nem querem, no fundo no fundo.

Volto a Anaía, fio da minha história. O agudo de sua dor me atravessava todo, sem contudo interferir na fisionomia com que eu lembrava as coisas serenas deste mundo. Dos trigêmios que viriam, eram trigêmeos sim, e que trio: Louro, Lauto e Layton. Estava se vendo que eram trigêmeos por causa do formato da barriga. Por causa da lua crescente. Lia-se nas cartas, na palma da mão, nos olhos da mãe, no teste da aliança, nas estatísticas. E como se não bastassem esses três motivos de sorriso eu juntava outros contos divertidos de outras pessoas e outros tempos. Lembrava o primo Simão que botou trinta e dois filhos no mundo, depois encabulou e foi pescar, história essa já tão batida que Anaía piorava, seu rosto franzindo e murchando igual a bola de gás quando escapa o gás. Daí eu puxava assunto dos nossos anos mais moleques, negócio de ficar sentando um no colo do outro e sair correndo com o impulso de quem vai até o fim do mundo sem jamais cruzar a Via Anchieta porque é arriscado e não dá tempo e é melhor esperar o dia da gente ver direito como é mesmo o mar. Convenhamos que aquilo fora felicidade sim, mas uma felicidade bruta que é preciso lapidar com todo o esmero. Resulta a pedra doce e sem arestas. Como o nome de Anaía. E você não acha Anaía um nome líquido, gostoso, escorregadio na boca? Eu

FAZENDA MODELO

que fiz, olha aí: Anna Maria Anamaria Anamaía Anaía. Amo Anaía.

Vocês desculpem a maneira indelicada com que andei me referindo a alguns colegas. Aquilo de política, aquilo passou, esqueçam. Às vezes a gente se excede num comentário amargo, sem com isso pretender diminuir ninguém. Nunca tive nada contra os companheiros, apesar da discórdia em certos pontos de vista. No caso da greve, por exemplo, vou contar. Os fulanos, não digo quem, três fulanos que vivem cochichando no portão da fábrica vieram cochichar comigo. Não digo os nomes porque agora mudou tudo, vocês sabem, greve dá complicação, não existe mais. Mas os homens achavam importante eu aderir, por isso e por aquilo, por eu ser um sujeito sensato, uma espécie de modelo, disseram. Eles queriam reivindicar uma série de coisas, talvez até justas, coisas que iam das condições de trabalho até os problemas de esgoto, só acontece é que não tenho tempo de mexer com política. É uma questão de consciência, diziam, consciência de classe. Pois eu sou bem consciente, organizei uma casa e sete filhos. Aí os fulanos fizeram ironia comigo, dizendo que classe operária não era só a minha família. Mas eu também saí do nada e em vez de me meter com sociologias aprendi meu ofício, aprendi mais que um simples ofício, hoje sou operário qualificado e tenho mulher doente em casa, vou voltar para casa, enfeitar minha casa, cuidar da vida. Foi mais ou menos o que eu disse a eles, depois é que me arrependi da grosseria. Desfazer assim das ideias dos outros era como se um deles viesse me dizer que a fachada de casa era feia e Anaía também. O fato é que eles nunca me entenderam, nunca quiseram ouvir meus argumentos, como se eu fosse um joão-por--fora. E afinal fui sempre um joão igualzinho a eles. Somos todos uns joões, levando drible da vida como eles dizem. É de joão que a gente se trata: joão-da-forma, joão-do-forno, joão-da-marmita, joão-da-manilha, joão-do-mandril, tem um que é joão-da-serra e eu nunca soube se trabalha na carpintaria ou se é de Cubatão. Foi esse que, na brincadeira, me pôs o apelido de joão-do-patrão.

Um dia pensei em chamar o médico porque Anaía, entre um urro e outro, parecia sufocar. Pelas minhas contas faltava ainda mais de um mês, mas ela dava a impressão de querer parir ali mesmo, naquele instante, na frente de todo mundo. E depois as coisas que ela berrava, vocês não reparem:

— Ai, Adão, que horror! Aiaiainhê, essa dor não é só minha... — e esse filho não era só nosso, dizia em seu delírio. Que era um mundaréu em seu ventre, imaginem, doendo, gemendo, explodindo. O crime, a guerra, a bomba atômica, nada disso ignoro. Mas não há por que enfear o que já é feio, feito aqueles estudantes da capital que estiveram aqui, tempos atrás, encenando um teatro que dizia as piores e ficou todo o povo escandalizado. Não, eu acho bem melhor a gente se exibir gentil, cortês, cantar uma modinha e espantar as sombras. Sou preparado na matéria, arranho um violão, sei de cor umas letrinhas. Mas deixa dizer que não há canção que valha o prazer dum trabalho bem-feito. Torturado pelos males de Anaía, distraí-me preparando a casa para a chegada dos trigêmeos. Vocês vão ver que o mesmo espaço que abriga dois abriga dez. E ainda sobra um canto que vai ser banheiro assim que instalarem os canos de esgoto.

Eis: para divisão de interiores nada melhor que as placas de eucatex — leves, acústicas e resistentes, como diz o anúncio. Depois monta-se um estrado sobre o outro, pois criança adora dormir em beliche. Quanto ao material, consigo de graça lá mesmo na Kulmaco, onde há técnicos e até engenheiros que aprovam meu sistema. Já me conhecem do tempo em que eu pagava aluguel em vez de prestação e a fábrica era pouco mais que uma olaria. Desde então, anualmente, a cada novo filho faço o pedido sabendo que o pessoal atende com boa vontade, já juntando os parabéns. Desta vez é claro que necessitei algumas tábuas extras, uns eucatex a mais e três caixas de pregos. Mas nem por isso eles acharam ruim, nada, acharam muita graça no exagero dos trigêmeos. E ainda emprestaram a kombi que estava ali ociosa, permitindo que eu transportasse a carga numa só viagem. O que chateou foi a saída, quando cruzei com uns três joões daqueles:

FAZENDA MODELO

— Ué, do-patrão, tá desmontando a fábrica?

— O do-patrão ganhou na loteria.

— Dá uma carona, do-patrão?

Meu nome é Adão, João Adão, e do patrão nunca fui nada nem nada tive. Fiz o surdo, fechei o vidro e taquei o pé com peso no acelerador. Muito engraçado, falam como se eu andasse de braço com o patrão. O nosso, até que não lhe quero mal, e daí? Nunca me prejudicou, nunca deveu a ninguém, é um homem que se fez com o próprio esforço. Como eu, guardadas as proporções. Antes de assumir a fábrica, que com ele só fez progredir e empregar muito pai de família, o patrão era gente simples. Sabe o que é fome e frio, por isso mesmo não atrasa o salário, paga as horas extras e tudo. Sei também que é um homem sozinho e sem filhos. Talvez até gostasse de apadrinhar um dos meus, pensei baixinho ao volante daquele automóvel macio. E logo atropelei o pensamento, antes que algum joão adivinhasse. Eu os via pelo retrovisor, na nuvem de poeira, tossindo e gesticulando, fazendo sinais obcenos contra a kombi. Mas se um dia o patrão me chamasse, é apenas uma hipótese, me chamasse e oferecesse o cargo, hipótese absurda, o cargo de administrador, o que é que eu diria? Vocês podem rir, mas das minúcias da Kulmaco sei mais que muito gerente diplomado, mais que o próprio patrão, talvez. De maneira que se ele me chamasse e insistisse muito eu responderia o seguinte: "Não, senhor, eu nasci para joão." Caso contrário, sabe o que diriam os outros? Diriam nada, capaz que me matassem, como fazem nos sindicatos aí fora. Esqueceriam que eu também sou joão da poeira, joão de barro na boca, barro nas ventas, nos olhos remelas já de cerâmica. Foi pensando nessas coisas que estacionei à porta de casa, com a filharada espiando. Nem sei que afobação me deu, pois desliguei o motor com a marcha engatada e a kombi deu um pulo feio que assustou todo mundo para dentro.

Noites depois da kombi, pensei na solidão. Gozado, noventa em cada cem modinhas de viola tratam de solidão. Tenho comigo um álbum, vira e mexe lá está: "ai, solidão", "oh, solidão". Tem uma até que diz: "vai, solidão, e me deixa sozinho", mas essa eu já acho meio besteira. Modinhas à parte, quero dizer que, pela primeira vez na vida, senti uma ameaça de solidão. Dentro de casa com Anaía e os filhos, mas com a sensação de que dormiria melhor com a kombi num acostamento de estrada. Mas eu já tinha devolvido a kombi e nunca faria uma coisa dessas. Mesmo privado do ombro de Anaía, naquelas noites sem sono, não me tentava a ideia de abandonar os meus. Fiquei martelando. A obra estava pronta, firme e bem-acabada, segui martelando. Martelei até que não sobrasse um só centímetro de pau sem prego em cima. O importante era fazer mais barulho que o choro de sete crianças. E se possível amontoar trovões, tratores, travesseiros, até que finalmente se abafasse a voz de Anaía. A pobrezinha já não gritava, pior, ofegava e sussurrava palavras odiosas, anunciava o dilúvio, o fim do mundo, o caos, coisas que deve ter ouvido desses homens que descem a rua carregados de rancores, vocês não reparem. E o que aumentava o mal-estar lá dentro era o calor e a falta de ar, mais a falta do esgoto que ainda não ligaram, tudo isso agravado por essa última reforma. Um problema de ventilação que carecia de estudo. Por isso às vezes eu saía à calçada e colava o rosto no muro. Quando via, já estava beijando o muro, os ladrilhos gelados da fachada. E deitava ali mesmo, dormia ali mesmo com a minha viola, viola minha, viola valiosa, mais preciosa que qualquer kombi. Acordava de manhãzinha com as calças molhadas, meladas, grudando na coxa.

XII

INSEMINÁRIO

Há rabo entre as pernas, rabo eriçado, rabo à inglesa, rabo torcido, rabo de palha, rabo bifurcado, rabo tridentado, rabo abanando e é pelo rabo que o entendido julga uma vaca, seu estado de ânimo. Por isso Juvenal recuou dois passos quando a tropa de vacas invadiu a Estância, Aurora cabo com seu rabo de foguete:

— Balbina morreu.

— É, pois é, a coitada, parece até que foi ontem e vocês sabem como eu fiquei abatido por causa da Balbina que eu gostava de chamar a tia Balbina e ela morria de rir.

— Morreu de desgosto.

— Pois é, a Balbina tinha o coração fraco, bem mole. Já não era menina e com aquele desgosto de filho que arranjou não ia durar assim também muito mais nem mesmo nunca, quais são as novidades?

— E Leandro?

— E Lucrécia?

— E Linda-flor?

— E Ló?

Ser mãe.

— Quero meu filho! Quero Lustroso! Quero Lindaci!

Pronto, já viu que estão todas menstruadas outra vez. Qualquer coisa anda errada que elas não engravidam, é a segunda inseminação que não pega. Devem ter algum problema, pois também já não produzem leite com o mesmo entusiasmo.

— Vamos, queridas, está tudo bem, as crianças, a Fazenda, vocês não querem dar uma volta comigo? Arejar, que tal a Jungla?

Embarcaram no safaribus de luxo floresta adentro. Floresta? Surpresa: é uma autoestrada luminosa que não acaba jamais. E no entanto todos nos lembramos do que era isto aqui anteontem. Uma brenha horrorosa, um matagal trançado e traiçoeiro feito pixaim, que ninguém gosta de enfiar os dedos dentro. Uma terra devoluta, terra de ninguém ou de todos, uns documentos confusos, uns rios sem margens. Vieram até filmar, uns aviões de outras fazendas, vieram fotografar a Jungla e não entenderam nada. Viram o quê? Nada, malária, tifo, febre amarela, amebíase e mais os seguintes vírus: poá, pixuna, mengo, bussuquara, apeu, apum, itaqui, marituba, murucutu, oriboca garoa, sororoca, cucu, catu, piri e outros bichos desconhecidos que a gente nem quis saber. Então Juvenal teve a ideia: convocou a assessoria e disse vamos colonizar a Jungla, por isso é que hoje dá para qualquer um passear aqui de ônibus, sem muito sacolejo.

— E Lamberto? E Lourival?

Rapidamente estudamos diversos planos. Keitel, secretário de ecologia, sugeriu: gases desfolhantes para acelerar e baratear o desmatamento. Kreuger, secretário de psicologia, propôs *napalm*. Prevaleceu o Projeto Kapp, do nosso secretário de demografia. Sabemos que no descampado norte tem boi sobrando, sempre tem, que aquilo procria mais que indústria em tempo de surto industrial. Muitos bois válidos para serviço pesado, porque já trazem consigo algumas doenças e às vezes não se abatem com um vírus a mais ou menos. Trouxeram esquistossomose. Junta daqui dacolá e, de uma cajadada só, muitos micróbios se neutralizaram. Assim, os animais de resistência comprovada constituíram as frentes de trabalho que, da noite para o dia, desmataram, queimaram e pentearam a Jungla do jeito que vocês estão vendo. Num minuto lotearam tudo, asfaltaram, mataram as cobras, esconderam os macacos, consertamos os papéis, baixei um decreto e a Jungla Modelo ficou faxinada e pronta para vender. Lógico que os de fora, os invisíveis, assim que voltaram e viram a esplanada que era um aeroporto, com telefone, água encanada, motel, caça à vontade e pesca a dinamite, aterrissaram e alugaram tudo correndo. Logo começaram a fazer turismo e cavar buracos. Cavaram, cavaram e deram a sorte de descobrir coisas que ninguém desconfiava: ferro, cobre, cristal de rocha, urânio, diamante, manganês, bauxita, cassiterita e outros metais desconhecidos que nem quero saber. Quando o turista cansar de descobrir coisas, quando ele limpar o madeirame que espalhou e desocupar o local, ainda deixa um descampado bom para aquela boiada que procria mais que erva daninha em tempo de vacas magras.

— E Lembrança? Quero Lagartixa! E Lili?

Nesta, como em todas as epopeias, houve vítimas. Heróis anônimos, voluntários da Fazenda, cuja memória devemos preitear. Sem falar nos auroques. Naquela euforia de executar o plano, ninguém se lembrou dos auroques. Eram bois muito primitivos, raças que o dr. Kital, secretário de antropologia, achou que já estavam extintas. Pois esses auroques viviam por aqui, andavam nus e sem se incomodar com os vírus da Jungla. Andavam em tribos, selvagens e arredios mas logo afáveis, querendo ajudar nos trabalhos para imitar boi civilizado. Querendo imitar os costumes civilizados, aprenderam a beber, tragar, tossir e se enrabar, gostaram de se vestir e apodreceram junto com a roupa. Foram enterrados de gravata, à beira da estrada que não chegaram a usufruir. Os auroques.

Quando se pensa nessas misérias tudo mais parece tão mesquinho que Juvenal, o Bom Boi, silenciou. Certamente emocionado, calado fez todo o percurso de volta, sem nem enaltecer o crepúsculo. E já se avistava a Estância quando umas vaquinhas retomaram a cantilena do cadê meu filho. Aí Juvenal perdeu a cabeça e disse uma verdade. Disse que naquela fazenda, crimes, sumiços e barbaridades sempre houve e ninguém nunca se importou com isso. Agora as vaquinhas estão chocadas porque pode acontecer a seus filhos o que antes só acontecia ao filho da empregada.

— Bruto assassino!

— Assassino cínico!

O safaribus estremeceu, ameaçou capotar, vaca querendo saltar com o veículo em movimento. Juvenal deu um golpe de direção.

— Quem quer ver Abá?

Por mais que não quisessem, elas queriam rever Abá. Os rabos de dengo. Não acreditavam que hoje Abá fosse outro, Abá nem cogita, é usina. Estacionaram à porta do novo touril, maciço clássico de mármore. Já dentro, elas:

— Abá!

— Abá não, Incitatus. Podem me chamar de Incitatus.

Estava mesmo um senador, ajaezado com arneses de púrpura, colares de perolas e braceletes de eletrodos. Olhou-as vagamente e afundou o pescoço na manjedoura de marfim. Mastigou um bocado, olhou-as novamente e pronunciou:

— Estamos no poder.

Voltou a mastigar.

— Frouxo!

— Vendido!

— Hein?

— Vendeu os próprios filhos...

— Hum?

— Pai desnaturado.

— Pai bunda.

— Bruto cínico.

Depois da lavanda Incitatus reagiu com indignação. Afinal Incitatus realiza alguma coisa, e elas? Elas acham que adianta choramingar na escadaria do palácio. Adianta conter o leite, conter o filho, perder meu tempo, desperdiçar o esperma de Incitatus. Isso não conduz a nada, isso de ser radical e estéril. Não é uma atitude responsável, essa. Precisa ser realista, sussurou Abá, porque é dentro do sistema que a gente interfere nele.

— Fuuuuú — disse Aurora. E disse buuuuú e xiiiií e xôôôôô e disse nheeeeeé.

Não sei se foi a impostação de Aurora que deixou Abá desarvorado. O sangue subiu-lhe à cabeça e, num relance, fez lembrar o nosso velho Abá. Uniu os quatro pulsos, friccionou os braceletes, tremeu, deu um salto mortal, estendeu-se na lona e gritou:

— Liga! Liga!

Faíscas, convulsões, barris e mais barris para o Esperma Export.

Foi passar o menstruo e volta Juvenal com a luva de borracha.

— Suvenir de Incitatus — brincou, chacoalhando a ampola branca — fresquinho, fazendo espuma.

Passou o líquido para o cateter.

— Vamos, Aurora, venhamos, rainha, perdemos abril e maio, é neste junho ou nunca mais. Diz o livro que la vaca que no produce un becerro por año, debe retirarse del hato.

Introduziu-lhe o cateter no ânus. Firmando o cateter, uma haste metálica. Firmando a haste, a luva que tateia.

— Você tem que entender, Aurora.

Aurora tem ascendência sobre as demais. Se ela entender, todas entenderão. Entenda Aurora que é impossível controlar todo o mecanismo da Fazenda. Oficialmente, Juvenal já condenou a prática de violências inúteis. Quanto às violências úteis, Aurora, convenhamos, algumas crianças não são exatamente uns anjos, o que é compreensível desde que nasceram duma cópula maldita, duma ansiedade malsã. Por isso, em vez de lastimá-las, mais vale gerar novas vidas, segundo novos preceitos. Repor as peças defeituosas com novas peças, essas sim seguradas contra acidentes e perdições. Não há margem de erro, com este processo. O cateter que penetra, a haste, a luva. Meio braço de luva gemendo nas curvas das carnes da cerviz, sobre o osso da pélvis, ultrapassando-o e atingindo o ligamento largo, adiante o corno uterino e finalmente entornando o líquido nos ovários.

— Aurora, você tem que admitir.

Juvenal conhece o processo e não duvida da própria perícia. A malícia dos órgãos, o caminho das trompas, as esquinas, os becos, as vísceras, está tudo nos diagramas. Superadas todas as resistências físicas, só tem que fecundar. Ou será que lá dentro delas haveria uma nova membrana, um diafragma com impulso, repulsa e autoridade para rejeitar? Aurora não responde. Mas sua boca é uma boca de útero imprestável, boca de vagina ultrajada, de mente conturbada que só articula isto:

— Xô
— Xolá
— Xolajá
— Xolajatu
— Xolajatu e a tua laia
— Antes que quem se ensaia te saia a ti.

Pausa.

— E Lubino?

Lubino só se ensaiava para boi. Se possível igual a Juvenal, que ele já imitava no andar cabisbaixo e no olhar que não indaga. Logo saberia transmitir recados. Saberia dizer sim para cima e dizer não para baixo, que assim é que se promove e assim é que se sustenta. Igual a Juvenal, não tinha querências ou preferências, nem aborrecia o toureiro. Diferente de Juvenal, só aquela tralha entre as virilhas que Lubino não suportava. Incomodavam, pesavam, ocupavam espaço e, pior, os troços cresciam a olhos vistos. Pretendia esmagá-los contra o poste. Farpava-os contra o arame. Dobrando-se, Lubino planejava mastigar os próprios testículos. Por isso, querendo irritá-lo, bastava dizer o seguinte:

— É a cara do pai quando jovem.

Aí ele disparava pelos campos, disfarçando-se e indignando--se com o blonque-blonque dos seus ovos carambolando. E ainda mais furioso por estar furioso e assim furioso ser a cara do pai quando jovem.

— E Latucha?

Latucha morava lá no fim. Ensinava a esperar, Latucha era

FAZENDA MODELO

um novelo, uma bola de paciência. E no entanto, quem diria, parecia moça feita. Não tardaria a noite da concepção, que outra coisa não queria Latucha. Ensaiava-se para bule de leite. Igual a Aurora queria parir e parir e parir e ser todo ano a mãe do ano na Fazenda Modelo. Por isso, querendo mimá-la, bastava dizer o seguinte:

— É a cara da mãe quando jovem.

XIII

OS FORMANDOS

Que mais quer a mocidade? Os boiotes desfrutam a liberdade de ir e vir, ir e vir, ir e vir no pasto exclusivo, jardim de infância, tapete de rebrotas tenras. Não ferem os pés e sabem de tudo, sabendo inútil tudo o que se sabe. Sabem-se tão inúteis quanto eu e tu que disso não queremos saber. Inútil temer o matadouro, embora o Apocalipse pareça mais excitante, como espetáculo. O Juízo Final. Mas, para quem só conheceu a noite, é natural apreciar o matadouro: boi em pé, olhos atentos, na câmara escura, lenta, talvez um sorriso, experimente-se o aço a cada milímetro. Não sem antes mascar um cogumelo, é claro, o que faz a vida mais linda e a morte valer qualquer vida, zebu. Outro dia Lancelote comeu uma salada de cogumelos. Digeriu tão bem, sentiu-se tão leve, que a vigilância não o percebeu esvoaçar para longe do pasto. Lancelote foi parar numa quina de abismo e ali se deixou ficar num equilíbrio sensacional, dois pés no chão e dois pés no ar. Queria metade cair, metade não, queria oscilar entre o fatal e o banal, e assim gozou um dia sem vigilância. O efeito só passou no fim da tarde, quando Lancelote reparou que aquele equilíbrio estava precário. Seu corpo passou a existir, pesado porque as patas traseiras é que estavam no vácuo, o bucho e a garupa puxando para baixo. As dianteiras, no entanto, seriam bastante fortes para alterar a balança. Lancelote sabia disso, sentia que dava, mas achou que não compensava tanto esforço apenas para alterar o destino. E o boiote precipitou na escuridão. Sem ódio, sem carta, sem culpa, sem causa, sem martírio, sem fogo, sem imolação, um meio-suicídio coerente, porque não quis significar absolutamente nada na linguagem das pessoas.

Que mais quer a mocidade? Alternativa para o abismo e o matadouro, há quem estude para se diplomar em boi de serviço. Há quem se candidate a funcionário público da casta de Kahr, Kurn, Kapp ou Katazan. Ou funcionar na iniciativa privada, quem dera chegar a industrial, executivo, quem sabe relações--públicas duma dessas grandes firmas. Ou mesmo guarda-costas, testa de ferro, bedel, informante, proxeneta, dama de companhia nessas firmas. De uma forma ou de outra, a mocidade quer cooperar para o engrandecimento da Fazenda Modelo, conforme observou Juvenal em recente discurso. Exceto como reprodutor, mas felizmente tal hipótese já fora castrada. Isto é, tem o Lubino (Campeão Touro Auspicioso e medalha de ouro na última Expo-Inter de Juvenópolis). Lubino caminhava com as pernas fechadas para esconder as desgraçadas alegrias. Abominava a argola de bronze que lhe penduraram no nariz. Enterrou a medalha de ouro. E não dormia quando escutava os urros monstruosos que vinham do touril. Alguém lhe disse que eram urros de prazer. Mas se prazer era assim, Deus guardasse Lubino para sempre de todos os prazeres.

Que mais quer? Ora, a mocidade não precisa querer mais nada. Basta olhar Juvenal, que "dá o exemplo de vida, como os profetas, mas sem invectivas, nem revoltas". A mocidade olha Juvenal, conforme ele observou em recente discurso. E é precisamente daquele jovem plantel que um dia sairá o seu sucessor. Sabendo-se que, na nova ordem da Fazenda, submissão é requisito indispensável a qualquer ascensão, o rancho está empenhado em exibir docilidade. Isso tem seu lado negativo porque restringe e constrange a seleção para o gado de corte. Hoje há bezerros tão dóceis que produzem uma carne flácida, inconsistente, meio gelatinosa, um novo tipo de carne que não encontra oferta no mercado nem procura nos açougues. Mas é confortável saber que ficou longe o tempo das veleidades, dos desgarres e desregramentos.

Repito: Juvenal dorme tranquilo, pois os meninos que restaram não alimentam o menor capricho, nem no âmago do âmago

FAZENDA MODELO

do estômago. E concordemos em que ficaria até ridículo para um novilho ferrado, emasculado, estabulado, presumir que abala o reino com um mugido e um coice. Há raríssimos casos de indisciplina, casos isolados. Quando um elemento comete algum deslize, um ato impróprio, uma palavra enviesada, é o suficiente para que os colegas se dissolvam, talvez com receio de serem confundidos. É aí que o delinquente fica ridículo, isolado no meio da roda, facilmente identificado, ato contínuo controlado, eliminado. Felizmente passou a moda de a voz de um ser a voz de todos. Era aquela algazarra toda por causa dum mau trato, dum prato ruim, dum nem lembro mais o quê. Era uma pancadaria, o comércio que fechava e a gente que ficava sem condução. Hoje só quem lembra disso são os agentes que fiscalizam os costumes. Por causa dessas lembranças, de vez em quando um deles fica afoito e aplica uma correção, assim a esmo, diz ele que é para servir de exemplo. Mas eu acho que não precisava isso não.

Que mais? Sim, havia também os meninos que se mantinham aparentemente alheios ao movimento da Fazenda. Era o caso de Lin. Não que se manifestasse abertamente contra alguma coisa, isso não, até que acatava as instruções e comia na hora certa. Mas nas horas vagas Lin gostava dos seus cachos. Gostava de se cheirar as axilas, estalar as juntas, lavar as intimidades. Levava tempos compenetrado, examinando cada detalhe do próprio corpo, parafusando o umbigo, achando graça nas mamilas, estudando o urbanismo das veias. Percorrendo as vcias atingiu o coração e começou a compreender as pulsações todas. As vibrações. Talvez, por algum motivo, desgostoso das coisas em volta, Lin foi ficando todo para dentro. E foi ficando para longe, como que num oriente, como num tempo remoto, como um avô sábio, ficou feito um *bos indicus*. Já controlava de tal modo o coração que este nunca iria parar. Circulava pelas próprias artérias e chegou a explorar os nervos que levam ao cérebro. Daí poderia arbitrar a intenção de cada glândula, cada célula. Respirava com consciência. Com o pensamento poderia suspender a digestão agora, por exemplo. Mas Lin não praticava seus conhecimentos. Apenas conhecia, e sempre mais. Com isso se sentia forte, livre, dono de si, talvez até feliz. Foi o que alertou a vigilância de Katazan. Sem se explicar por que, Katazan não gostava da postura de Lin. Não sabia por que, mas implicava com aquele jeito assim. Então fazia-o trabalhar, e trabalhar puxado, do que Lin não se queixava por dominar os músculos. Suspendeu-lhe a ração, do que o organismo de Lin também não se ressentiu, posto que àquela altura já estava educado para tudo. Sem que Juvenal soubesse, Katazan começou a maltratar Lin. E Lin suportava tudo com uma serenidade que mais e mais irritava Katazan. Porque Katazan já não fazia outra coisa senão perseguir Lin. E como Lin não dava mostras de se sentir perseguido, Katazan passou a se imaginar prisioneiro, em vez de vice-versa. Afinal Katazan era ou não era o superior? Dentro do sistema vigente, Katazan era autoridade. Mas parecia que Lin inventara outro sistema. Um sistema metabólico que cá para nós não valia nada, que só contava dentro da cabeça dele, que Katazan não compreendia e nem tinha nada que parar para pensar e se preocupar. Mas Katazan sabia que Lin inventara outro sistema. E naquele sistema idiota talvez Lin pensasse que era superior a Katazan. Talvez nem existisse Katazan naquele sistema absurdo. E Katazan não aguentava mais aquilo. E matou Lin.

Juvenal conduziu Lubino ao topo da colina de onde se avistam todos os confins. A ideia era aplicar a forma bíblica. Não deu. Ensaiou uma gargalhada que não saiu. Procurou sem êxito o provérbio adequado. Quis cantar o fado e não soube. Não sabia como entrar no assunto e entrou de mau jeito:

— Você já é um touro — e aplicou-lhe uma chicotada.

Lubino bufou, galopou sete léguas, blonque-blonque e voltou.

— Você é um touro, meu rapaz, que remédio — e a segunda chicotada.

Lubino chorou, implorou castração, mais uma vez bufou, galopou sete léguas, blonque-blonque e voltou.

— Você é um touro magnífico! Só falta praticar — guardou o chicote e concluiu a cerimônia de iniciação com as seguintes palavras:

— Olha, ó Sol! Olha, ó Lua! Olha, ó Sete Estrelo! Vejam nosso filho! Que não tenha coração fraco para as mulheres; que no trabalho seja útil à nação; que da nação seja um filho gentil; e que dos tantos filhos seja o padrasto casto e varonil.

Daí Juvenal começou a dizer que invejava os touros. Invejava Abá em particular, o campeão de todos os machos de todos os tempos das fazendas. Lubino ouvia incrédulo, pois não era mesmo para crer a maneira como Juvenal falava de Abá. Juvenal invejava Abá da boca para fora. Lubino percebia que lá na garganta Juvenal tinha um nó que odiava Abá, estrangularia Abá. O único rancor de Juvenal. Porque passando a garganta, lá no meio do intestino grosso, novamente Juvenal invejava Abá, admirava e lambia Abá. Mas isso Juvenal não queria admitir. Nem iria vomitar ali para o menino ver. Então ele confeccionava cada palavra cuidadosamente nos fundilhos. Bombeava-a devagarinho pelos canais tortuosos. Na traquéia a palavra ganhava aspereza, arredondando-se em seguida no céu da boca. E acabava a viagem babada na ponta da língua, um catarro agridoce. Uma palavra rasurada, interceptada, inconsistente de tão baldeada. Foi assim que Juvenal articulou a palavra orgasmo. E falou dos orgasmos de Abá, das delícias do orgasmo, o sublime do orgasmo, o privilégio abençoado do orgasmo, dum jeito que Lubino ficou olhando a cara dele, que era uma cara de boi que não tinha nada a ver com o que estava falando.

Esqueça o orgasmo que é secundário, falemos do espermatozoide: gameta masculino responsável pelo ciclo vital, responsável pela transmissão hereditária de nossos caracteres físicos, psíquicos e quiçá morais. Ponto. Hoje, nas camadas mais baixas e desinformadas da população, ainda campeiam espermatozoides de diversas tendências, camufladamente infiltrados em espermas de diversos matizes, diversos odores e muita viscosidade. Há espermatozoides irresponsáveis, individualistas ou organizados, espermatozoides agitadores, espermatozoides virosos, espermatozoides promíscuos e incestuosos, espermatozoides suspeitos, banidos, clandestinos, espermatozoides reincidentes, espermatozoides pululando, gerando uma babel que o chulo conhece pelo nome de esporro generalizado. Dado que a Civilização aspira à Paz e à Concórdia acima de tudo e todos, eleja-se um único Espermatozoide que determine um caráter único, uma vontade única e o único caminho para o Homem na Nova Sociedade. (Isto, francamente Juvenal já não se lembra se leu num livro ou concebeu sozinho.) Enquanto semeamos e esperamos esses Acontecimentos, o Esperma de Abá cumpre sua Função Paralela de nosso mais Rico Minério, Produto Primordial de Exportação, Fonte Maior das nossas Divisas. E Lubino fica eleito Futuro Raçador da Fazenda Modelo.

— Por favor, pai.

— Não sou seu pai. Seu pai é Abá e contemple o que ele deu de si em prol da Fazenda. Analise a Fazenda. As pessoas limpas, as polias azeitadas e os arraiais em feira. Mesmo a arraia do descampado baixo, só não faz melhor porque não quer. Os manuais eles já têm, as cartilhas. Mas veja como crescem e se multiplicam desordenadamente. Aquele com traseiro largo fica arrastando charrua. O outro cheio de músculos vai para o corte. Mal terminamos a campanha de alimentação e olhe aquele bezerro comendo farinha crua. Acabei de falar no controle de espermatozoides e observe aquele casal o que está maquinando fora de época. Não, meu filho, observe não, venha cá, volte o rosto para o curral das meninas. Veja que te esperam mais de trinta vitelinhas, Lubino. As mais gorduchas, as mais higiênicas, as mais fecundas. E nem precisa tocar nelas. Enquanto aquele povo lá atrás monta pelo gosto da coisa, tem gente montando sem necessidade, gente montando onde não deve, gente querendo é safadeza, você não. Duma só

FAZENDA MODELO

ejaculada você fecunda as trinta e tantas. E sem contato físico, o que é sagrado. Pois se é pecaminoso o coito sem intuito de proliferação, santa é a proliferação que dispensa o coito, lembra?

Por aí ficou Juvenal, até temendo ter-se adiantado um pouco. Mas desceu a colina deixando um Lubino pensativo. Com certeza captou a mensagem, pensou Juvenal. Mas Lubino estava apenas espiando o curral onde habitam as mais gorduchas, as tais higiênicas, as fundas, frias?, mornas?, ardentes? Já que Juvenal apontara o curral, Lubino permitiu-se olhar com mais cuidado aquilo que tantas vezes olhara de esguelha. Especialmente a Latucha, que ele sentia que era sua irmã e que o fazia estremecer. E Lubino queria saber como é que um corpo encosta no outro. Com estupor, Lubino queria saber por que é que um corpo tem que esfregar no outro corpo. Para que precisa um corpo envolver o outro e contar mentira no ouvido do outro corpo. Por que é que, apesar de tudo, um corpo quer sempre entranhar no outro corpo e quer entrar na boca e morder e cravar as unhas no outro corpo e depois quer estranhar a temperatura do outro até que os dois corpos concordam e se fundem numa temperatura comum, por quê?

Lubino bufou, galopou setenta e sete léguas balablonque-balaboblonboloblonque, pulou muitas cercas, levantou poeira e voltou para casa.

XIV

DE COMO SE COMPORTAM
AS VITELAS NO CURRAL

Espernegam, espreguiçam, se deleitam, se tratam as unhas, se
passam creme na pele, se comparam cada qual a mais leitosa,
qual? Qual a mais oval? A mais graciosa, tal qual a mãe, será
maternal. Igual engordará e parirá e será ordenhada e será fecun-
dada mal. E estufará em geral. Circular tal parirá qual fecundá-
vel. Afinal engrolar genital engendrará anormal latejar parietal
(mamal, vaginal, cabal).

A ideal belo dia entrará para o quadro de honra e livro de
escol com 700kg, 800 lactações anuais, comenda de reprodutora
emérita, 180 de busto, 205 de cintura e 240 de quadris. Futuras
medidas de Latucha (Campeã Novilha e medalha de ouro, na última ExpoInter de Juvenópolis). Sem desfazer das demais, Latucha é a primeira vitela da Fazenda Modelo a lograr a classifica-
ção "Excelent" 94 pontos. Além disso tem várias prendas. É famoso seu doce de leite. Toca piano, lê romances em francês. To-
ma banho todo dia, não descuida da higiene dental e é *miss* até
casar. Engravidará seguidamente e não botará chifres no marido.
Será discreta à mesa, no decote e no requebrar as alcatras.

Nas poucas vezes que visitava o curral, Juvenal vinha acom-
panhado. Orgulhoso, exibia aquela sequência de nádegas, pro-
movia o lote de garrotes com sua esplêndida conformação frigo-
rífica, e o acompanhante acabava levando uma ou duas vitelas.
Fora essas visitas casuais, Juvenal seguia o desenvolvimento das
meninas através de relatórios periódicos. Mas há coisas que os
relatórios têm pudor de mencionar. Coisas que sucediam no inte-

rior das novilhas. Meras curiosidades infantis que, num indeterminado dia, deixam de ser meras infantis e o periódico não registra. As novilhas sonegavam a clausura. Entre tábuas, costumavam vigiar os meninos, de cuja existência não podiam se lembrar. Mas vigiavam sim e namoravam à distância. Faça constar do relatório que as novilhas namoravam os novilhos na hora do recreio, aquele pelo passo, aquele pelo porte, aquele pelas malhas. O grave é que algum instinto mórbido impelia-as a querer namorar um deles mais que todos. Havia um vitelo especial, dotado dum não sei quê a mais, um halo?, um brinde?, um suplemento inexplicável que ninguém mais possuía, e de cuja existência era impossível não se lembrar. Para esse as novilhas eram só langor, por esse é que as precoces, sem a mestria e as tramoias das mães, criavam novas escolas de sedução. Mexiam as orelhas, enchiam as bochechas, fungavam, batiam os cascos, qualquer coisa fariam para atrair aquele vitelão. Ainda mais Latucha, que já o sentia irmão, que já o sabia da exposição, que já lhe apertava o coração na mão e o nome secreto debaixo do travesseiro. E assim sonhavam as novilhas, sem perceber que se roçavam umas nas outras. Certa noite, sem perceber, Latucha consentiu que Lumaca lhe acariciasse os quartos posteriores. Noutra noite de tempestade, o susto foi tamanho que Latucha se atirou nos braços de Libitina e súbito estava a lhe beijar a boca. E quando acendeu um relâmpago, deu para ver que todas as noviças estavam entrelaçadas, o estábulo todo ofegando, ofegando.

Desta vez Juvenal apareceu sozinho e irreconhecível. Gritou com elas para que se cobrissem e se envergonhassem. Iguaizinhas às mães, gritava. Gritou suas vacas velhas. Gritou pecado mortal. Gritou fedor de sensualidade e espargiu incenso-spray no claustro. Gritou que espécie de purificação era aquela, que espécie de retiro. Ainda advertiu que, a partir de então, elas se submeteriam a todas as penas, flagelos e provações indispensáveis à admissão de novos membros na nossa comunidade. E que as vitelas, uma vez iniciadas, seriam o tesouro e o orgulho da Fazenda Modelo. E que ele lhes devotaria todos os cuidados e afeições. Foi o que gritou Juvenal quando os relatórios lhe informaram que, finalmente, as suas meninas acusavam os primeiros sinais da puberdade.

Naquela lua elas devem se banhar com o sangue da primeira menstruação. Se persignam, se ajoelham sobre os grãos de milho, se cortam, sangram mais, se maceram, se mortificam a carne, fazem voto duplo de castidade e fecundez. Fazem promessa debaixo de chuva, comem maniauara e curadá, evacuam maniauara e curadá, dormem como porcos entre seus próprios restos, rezando, a chuva regando seus restos. Um dia, um raio de sol, e dos restos de trevas brota a pequenina flor que vem a ser uma bênção. Os céus ouviram nossas preces: a bênção desabrocha dos excrementos em forma de cogumelo. Uma espécie de oronja que, mastigada, nos beatifica. Nos torna lindas como tudo em redor, zebu. Nos dilata as pupilas e nos ensina as radiações nunca vistas. Linda a paisagem entre tábuas que eu nunca reparei, a paisagem e as tábuas sépias, tudo sépia. A porta sépia, a tramela antiga, um cadeado fantástico, a corrente com seus elos soltos, cada elo é um elo e tem sua graça independente. Está vivo e tem sua aura cada objeto que o perdulário come e dispõe sem reparar. Paro na parede, numa pedra, noutra pedra, paro por exemplo num dinheiro que não era nada, era uma nota de dez. Reparo o dinheiro, amassado na mão, colado ao nariz, estendido na mesa, os matizes, o retrato do velhinho com o olho de lado, uma barba branca e uma cara desconfiada, o dinheiro sanfonado, a dobra vertical da carteira, a dobra horizontal do trocador de ônibus, reparo verso e reverso, os profetas do reverso, contra a luz reencontro meu velhinho engraçado, agora atrás da cortina, sempre com o olho virado, agoniado para sair do dinheiro, reparo as geometrias, as assimetrias, os algarismos e as teias, ou órbitas, todas as filigranas que o perito tramou para testar o falsário, iludir o otário, e o perdulário nem considerar. Quer dizer, posso passar uma semana sem querer sair do quarto, lúcida como nunca, só reparando o que parecia uma nota de dez. Agora tire do bolso um cogumelo mas não coma, não faça nada precipitadamente. Talvez seja uma oronja falsa, ou uma oronja bastarda, mas também pode ser uma amanita faloide e nesse caso você morreu. Você engole depressa achando que vai ficar bom e louco, mas você fica é roxo. Ou então, se quiser morrer mesmo, faça como a Lia que plantou uma amanita faloide, cultivou a amanita no estrume, colheu a amanita, observou verso e reverso, os matizes e as nervuras, na contraluz e no nariz, cheirou, chorou, riu, concentrou-se e mordeu a amanita faloide. Inclusive não ficou roxa não, ficou sépia. Morreu maravilhosa e de olhos abertos, as pupilas deste tamanho. A Lia foi numa perspectiva boa porque foi para valer. A Lia foi numa muito boa. Lia numa boa. E vamos cortando as palavras, que as palavras não fazem sentido. Quanto mais dizem, menos sentido fazem. Não faz sentido chegar Juvenal e a linguagem que ele brada e brame e com ele o pajé dizendo que nós vamos entrar na chibata. Me diga qual é o sentido de bradar ou bramir. O pajé. Chibata, dita assim, que sentido faz essa palavra?

Minguada a lua, elas foram conduzidas ao riacho, escondidas do povo por uma tenda de fumigações. Ali tiveram cortados os seus pelos. Beberam da água soprada pelo pajé. Lavaram-se e ofereceram as costas. Embora a cerimônia recomende dois golpes de chibata, o pajé Kaledin preferiu dar vinte cipoadas em cada lombo. Juvenal, que estava voltado para a lua nova, iniciou a exortação:

— Lua, eis as mulheres que defloraste! Me ajuda a fazê-las perfeitas para as darmos ao Sol! Fá-las bonitas como tu! Que não gostem de saber o que se passa no meio dos outros; que saibam guardar no coração o que não é bom que os outros saibam, que tenham coração abnegado e se recolham aos afazeres de mulher; que não queiram experimentar de tudo quanto lhes parece bom;

FAZENDA MODELO

que permaneçam domésticas como o gato e a mobília; que no lar sejam úteis à nação; que não tenham vaidade e sacrifiquem as formas pelas glórias matrais; que sejam matrizes totais; e sejam matronas jactantes, lactantes e virginais!

E assim é que se comportam as vitelas no curral.

XV

ANAÍA, MEU AMOR

Não vou posar de sabido, mais sabido que o destino, depois do que o destino me aprontou. Porém, tirando pelo cálculo provável das bondades e maldades correntes por aí, a soma das nossas felicidades já deixava prever algum desastre. Não há pior agouro que o abuso de alegrias. Quero com isso deixar claro que a desgraça não me surpreendeu. Pelo contrário, já estava prevista muito antes do primeiro grito de Anaía.

Em vez de me abafar e abafar vocês com problemas pessoais, retomo o álbum de modinhas. Tem mais, além das modinhas naquela época surgiu graças a Deus muito trabalho extra na fábrica para enganar o tempo. Nós pensávamos em diversificar a linha de produção. Já construíamos um novo pavilhão destinado à prensagem de telhas de eternit, que para quem não sabe é uma combinação de cimento e amianto. Toda a fábrica estava sendo ampliada para atender à maior demanda. Enfim, dava gosto ver a bichinha crescendo. Nessas horas é que eu gostaria de encontrar um joão-do-contra, daqueles que dizem que a Fazenda não caminha. Porque a Kulmaco era a própria Fazenda, a evidência do progresso. Mas os joões-do-contra andavam sumidos ou calados. A um deles cheguei a perguntar: "É ou não é a Fazenda Modelo em desenvolvimento?", ao que ele não respondeu, não tinha resposta, ficou olhando para a minha cara. Quanto ao pessoal mais jovem, havia alguns que trabalhavam comigo em regime de tempo integral. Nossa saudação era um sinal de positivo, com o polegar virado assim para cima. Aliás, ainda hoje guardo a mania desse sinal, como se o polegar fosse a chaminé da mão. Mas eu ia contando que muitos colegas me acompanhavam na turma da hora extra. É certo que vários fraquejavam, tomavam coragem com cachaça pura e acabavam dormindo no serviço. Já peguei uns dormindo em pé, criaram o hábito de dormir sem fechar o olho, semiapoiados numa viga, fazendo careta e fingindo que se sacrificam sustentando a viga. Mas quem se esforçasse seriamente podia comprar seu próprio aparelho de televisão. Constava mesmo dos meus planos secretos entrar num consórcio, após as despesas do parto, para comprar uma kombi. Afinal eu era pau para toda obra, de pedreiro a calculista, com promoção garantida a chefe de seção. Dei até para acompanhar cálculo de estruturas. Estranho é que, com tanto número na cabeça, fui errar justo o mais simples: a conta dos meses da barriga de Anaía. Para mim a gravidez já ia completar um ano, o que é impossível. Pensei inclusive em chamar um médico, não só pela barriga mas pelo quadro geral da infeliz. Ela já não gritava, não blasfemava, não rangia os dentes, nada. Trancada em casa e no útero, queria melhor sofrer, com toda a força, estreito nó.

"A noite é linda e serena...
Se a minha pequena soubesse...
Um coração magoado...
Um domingo sem luar..."

Tudo isso em tom de serenata, indireta para Anaía lá dentro. Na calçada, com uma esteira e o violão, era como eu passava as noites de folga.

"E só me basta a viola
Que chorando me consola
Consolaialaiaralaia..."

Pois foi aí que seu deu um fato constrangedor, difícil mesmo de contar. Eu estava encantado naquela toadinha mansa, na sur-

FAZENDA MODELO

dina, quando de susto rebenta uma zabumba. Atrás da zabumba um coreto desafinado, fora de ritmo, estragando o meu arranjo. Um contracanto indesejável, a melodia vulgar, vocês não reparem, uma letra indecente e cheia de palavrões:

"Do-patrão é um bom companheiro
Do-patrão é um amigo batuta
Do-patrão dá o c... por dinheirooooooooo
Do-patrão é um filho da p..."

Eu poderia responder a meu modo, mas não me ocorreu nada assim de repente. Revirei o álbum às pressas, mas não encontrei nada no gênero, vocês sabem, sou mais de seresta que de desafio. Também não adiantaria porque eles eram três vozes estridentes, mais a zabumba, uma charanga enjoada, por isso resolvi entrar. Antes que eu fechasse a porta, uma segunda quadrinha ainda me apanhou pelas costas:

"Do-patrão é um bom companheiro
Do-patrão vai bem obrigado
Do-patrão é um c... galheirooooooooo
Do-patrão é um grande v..."

Também seria tolice responder a uns bêbados, tendo Anaía doente e as crianças agitadas com o escândalo. Cuidei de fechar as janelas, no que notei que noutro dia fiz bem em forrar os batentes com algumas tiras de lã de vidro e barras de isopor, o que isola a gente dos rumores da rua. Aliás eu tinha forrado os batentes mais para não desperdiçar esse material que me caiu nas mãos. Agora estou convencido de que quem tem mulher e filhos deve sempre proteger a casa contra os rumores da rua. Vocês vejam, ninguém pode impedir que venham uns bêbados cantar porcaria à sua porta. Cantam, repetem, repetem, a musiquinha já não é original, vai pegando, fica a musiquinha cacete no ouvido da gente, fica entrando na cabeça das crianças, que criança é boba mesmo, vive imitando adulto, daí a pouco as crianças também começaram a cantar dentro de casa, inventando imundícies que nem elas entendem o sentido:

"Do-patrão é um bom companheiro
Do-patrão gosta de troca-troca
Do-patrão só quer dar primeiroooooooo
Do-patrão quer sentar na p..."

Esses três aí fora, vou contar a história deles. São uns pobres-diabos: João Martelo, João Batista e João Paixão. Tipos que antigamente faziam arruaça no portão da fábrica, agora estão desocupados e o emprego deles é azucrinar a vida de quem venceu. O primeiro, coitado, tem uma mulher que não presta. Não sei qual é o defeito daquela mulher que, quando o filho não nasce morto, nasce mirrado e morre de disenteria no segundo mês. Em vez de tratar a mulher esse joão trata de índices. Só fala em percentagens e mortalidade infantil. É aborrecido porque você dá bom-dia e ele responde anemia. Você pergunta pelo cimento, ele diz cinquenta por cento. Você diz concreto, ele feto. Quer dizer, tem ideia fixa contra mim porque já me nasceram sete filhos sãos. Pelos índices que ele exibe, e pela justiça que exige, era para cada um de nós ter três filhos e meio. Passa. O segundo coitado diz que saiu daqui para fazer fortuna. Saiu atrás dessas conversas, diz que ia abrir uma estrada sei lá onde, está aí de volta mais flagelado do que foi, quem mandou? Sai. O terceiro até que começou bem-intencionado. Deu entrada na casa própria junto comigo. Só não sei que trapalhada ele arranjava que, no fim do mês, o dinheiro nunca chegava para a prestação. Ainda cismou que, sempre que pagava a prestação, a dívida piorava. Achou que assim não valia a pena, não pagou mais coisa nenhuma e ficou alucinado. Criou confusão no banco, chamou o gerente e disse que ninguém tinha o direito de corrigir a moeda, que a moeda dele era tão boa

FAZENDA MODELO

quanto a do gerente. Perdeu a conta, a casa, depois a mulher, bebeu, jogou, perdeu tudo o que tinha e o amor-próprio. Resumindo os três destinos numa só palavra: solidão. E vergonha da solidão, porque alguma mancha sempre tem quem não encontra companhia. É o que faz essa gente andar escondida pelos cantos escuros, falando sozinha e em código, trocando de nome e de endereço. Até definhar indigente num quarto sórdido, sem ninguém que lhe componha o terno, lhe enxugue a baba, lhe feche os olhos e lhe tampe as narinas com algodão. Ninguém que lhe reclame o corpo, defunto sem choro. O vizinho de cortiço é que vai reclamar da putrefação, vai chamar a polícia que vai enterrar sem terra o esquife de compensado em vala comum. Viram bem como é que termina a solidão? Eu explicava a solidão a Anaía e às crianças mas ninguém prestou muita atenção porque o calor, nesses cinco minutos, ficou insuportável. Me olhavam com os olhos grandes e molhados de suor. Então tive que abrir as janelas e os sujeitos continuavam ali, de modo que todos em casa foram obrigados a ouvir:

> *"Do-patrão é uma alma profunda*
> *Do-patrão é bom no trabalho*
> *Do-patrão já me deu a b...*
> *Do-patrão chupou meu c..."*

Ao episódio seguiram-se dias de verão violento. Não dava vontade de tocar violão na calçada. Chovia muito. Ânimo de entrar também não dava, vocês entendem. Com Anaía daquele jeito, sem nem tomar banho, ficava um cheiro ruim, péssimo. E ainda a questão dos esgotos, que prometeram solucionar semana dessas. Então eu fui-me habituando a dormir na Kulmaco, no novo pavilhão, mas isso não significa que estivesse abandonando o lar. Dormia provisoriamente na minha fábrica com a ideia constante em Anaía e nos pequenos. Mesmo aos domingos eu arranjava um servicinho qualquer para me entreter e não apresentar em casa o rosto da minha aflição. Pois justamente numa noite de domingo, quando eu me recolhia à fábrica, dirigindo a kombi mas só pensando em chamar o médico na segunda-feira, apareceu o vigia todo afobado, mandando eu correr para casa. Aí vocês já podem imaginar a cena. As crianças mudas e espantadas. Lá dentro Anaía, linda, de pedra, pálida, quero dizer falecida.

Encostei numa bomba de gasolina e lavei o rosto para entender melhor a estrada. Acho que foi aquela cerveja, a verdade é que não estou acostumado a beber e a kombi dançava na neblina. Quando afinal cheguei à Kulmaco encontrei o vigia apavorado, mandando eu correr para casa. Em casa encontrei Anaía branca, cercada de sangue por todo o pavimento. As crianças não sabiam explicar o acontecido.

Tomei outra cerveja por insistência da cozinheira gorda. Acho que o patrão nem sabia que eu estava na cozinha, pois só quem aparecia era um rapaz de calças apertadas, sempre dando ordens. O churrasco havia terminado e a festa prosseguia no salão. Dava para entrever um sujeito sentado no tapete, tocando violão. Era um moreno, mais escuro que eu, cantando samba e bebendo no tapete. Pensei em entrar e cantar também, mas o rapazola das calças muito apertadas, sem saber quem eu era, pediu que eu carregasse a kombi com os cascos vazios. É isso que ele pensava, que eu era um carregador. E que eu trabalhava aos domingos transportando cerveja e gelo para cima e para baixo. A visibilidade não estava boa, e mesmo nas retas a faixa amarela serpenteava no meio da estrada. Os caminhões vinham na contramão com o farol alto na minha cara. O vigia da Kulmaco me veio com a lanterna na cara e eu corri urgente para casa. Lá encontrei Anaía prostrada, aliviada, a barriga menor.

Aquilo não era amizade para sentar ao lado do patrão. Com aquele jeito de sentar e levantar e andar, as calcinhas justas e a cinturinha fina, vindo me tratar como se eu fosse um empregado qualquer. Depois, aquele crioulo agachado no tapete destoava do ambiente. Chegava a cantar dessas músicas de protesto que estão na moda e as pessoas até que aplaudiam. Enchiam o copo dele de bebida e gelo, pediam bis. A cozinheira gorda riu quando provei uns fundos de copo desse uísque e me animei a entrar no salão, quem sabe até cantar duas modinhas. Mas o rapaz esquisitinho me barrou e destratou, de maneira que recolhi minhas coisas, as garrafas e os engradados da Antarctica, e parti com a kombi sem me despedir. Fiquei irritado na estrada porque os caminhões vinham dançando para cima de mim, jogando minha kombi fora da pista. Pareciam todos bêbados, inclusive o vigia da Kulmaco que gaguejava e tremia e queria por força que eu corresse para casa. Encontrei Anaía deitada, encolhida, quietinha, me esperando para dormir junto.

De manhã vieram carregar o corpo e as crianças descobriram um ruído de boca que me aturdia. Depois veio o dr. Kernig explicar o filho, qual trigêmeos nada, que era um monstro, um janicéfalo. E era quase que só uma cabeça, uma cabeça gigantesca e com duas faces, disse o doutor, faces que não podiam se encarar, não me olhem assim, reparem não, adeus.

XVI

DA NOITE PARA O DIA

O indiscreto daria para apontar nuvens pairando sobre a Estância Castelã. O alarmista daria para mencionar sinistras nuvens sobre a cabeça de Juvenal, o que explicaria em parte seu longo silêncio e recolhimento. Os assessores estariam demissionários. Os otimistas, no exterior. As indústrias, em concordata. Daria para o temeroso observar um clima tenso e sobrecarregado pela carranca dos invisíveis, visivelmente ríspidos em suas rápidas audiências junto ao conselheiro-mor. Daria para assustar o mais surdo, o estrondo com que batiam as portas à saída da Estância. O rumor chegou até os descampados onde o povo, por sua vez, deu para despertar da modorra. Despertar de alegre, pois aquele povo não fora recrutado para nada, nem tinha por que se meter. Talvez enfastiados das suas gastas mazelas, os sensacionalistas passaram a fazer quermesse das mazelas alheias. Domingo, depois de conspirar nas igrejas, o povo manobrava no zoológico, jardim abundante de fontes fidedignas. Adestrados, os boatos iam assumindo proporções epidêmicas. Fosse dar crédito a epidemias e a nossa Aurora, para citar um caso, já estaria à morte. Pelo menos quinze vacas de primeira teriam falecido sorrateiramente no último mês, segundo estimativas levianas. Apesar das recomendações em contrário, outras vinte agonizariam baixinho. A doença delas, oficialmente desmentida, seria uma variedade inexistente de mastite, quem sabe uma mamite tropical, pois o aspecto da teta ficaria bastante desagradável, lembrando um ananás. Essas tetas espinhentas produziriam um leite amarelado e ácido, rançoso e intransitivo, o que explicaria em parte o descontentamento ostensivo dos clientes. Uma das vacas afetadas, entrevistada sobre o que vinha sentindo, teria declarado: "Não sei, não sei... as mamas foram ficando tristes, ficando tristes, e agora estão desse jeito que o senhor fotografou" (*sic*). Claro que a reportagem não saiu no *Jornal Modelo* por razões de tranquilidade, de estabilidade, de moralidade, de paginação, de não sei bem o quê, o certo é que notícia ruim é pouco divulgada na Fazenda porque atrapalha a engorda, acho, ousaria dizer.

Mas não era difícil imaginar a gravidade da situação, a partir do humor de quem tinha acesso às notícias. Certos inspetores, por exemplo, é notório que vários sofrem de brucelose crônica, o que lhes propicia uma babeira sintomática no canto da boca. Até aí nada, pois a gente já se acostumou e há mesmo quem ache simpática, a baba. Mas nesses dias eles pareciam atravessar uma crise aguda, de provável origem psicossomática, pois espumavam bem mais que o habitual. Foi com um sorriso de sabão que o inspetor Kurn executou o novilho Luar, sem maiores explicações. Não contente, atrelou o cadáver ao para-choque traseiro dum jipe e arrastou-o pelos campos. Ora, isso é mau. Todos sabem que o animal morto deve ser cremado imediatamente, ou imediatamente enterrado no exato local da morte, bem fundo e sem deixar vestígio algum, senão o gado estará exposto a uma doença infectocontagiosa chamada antraz. O que efetivamente sucedeu, sendo que o próprio Kurn foi perdendo paulatinamente os pelos e em poucos dias feneceu.

O de Luar pode ser catalogado como caso típico de violência inútil, pois tem-se como certo que ele já estava fatalmente condenado por uma febre aftosa. Essa enfermidade, que grassaria entre os novilhos, possui a característica de dilacerar e gangrenar a língua e as amígdalas do indivíduo, que assim morre de fome sem reclamar. Transpirava também que Lubino, mais saudável, seria vítima da afasia de Kussmaul, nome dado ao mutismo voluntário que se observa em certos alienados mentais.

A praga de boatos não poupou sequer as vitelinhas lá longe,

FAZENDA MODELO

coitadas, inocentes e indefesas. Talvez por falta de anticorpos, elas acusariam uma incidência incomum de meteorização, bola de vaca, papilomatose, vibrose e carbúnculo. Acrescente-se o que acusavam as más línguas: sífilis, blenorragia, mula, cavalo, cancro, como, de quem, por que fresta? E ainda aquela mastite letal que não era mamite e que os veterinários não souberam diagnosticar. Das vítimas moribundas só se ouviria: "...pois é, foi dando uma tristeza nas tetas, uma tristeza..." e assim não há doutor que acerte nem ciência que preste, o diabo que as carregue.

Resumindo, tomou conta da Fazenda Modelo um surto de hipocondria, de um dia para outro. No descampado o novo assunto era vacina. Existe vacina, não existe vacina, enviaram vacina, desviaram vacina, quero a minha vacina. Congestionavam a farmácia, o armazém e o aeroporto. Aviões de outras fazendas desembarcavam montanhas de caixotes, caixotes neutros e lacrados que podiam conter máquinas ou livros ou granadas ou qualquer coisa, mas a voz do povo só queria que fossem caixotes de vacina. Diga-se de passagem que eles nunca fizeram fé na serventia de vacina nenhuma, só queriam provar a picada gratuita. E queriam movimento, ajuntamento, esfregamento, aí é que vira epidemia mesmo. As pessoas acham que não têm mais nada a perder e começam a barganhar seus germes. Criam uma excitação doentia. Vão-se contagiando naquela promiscuidade, que chamam solidariedade, e acabam encarnando um vírus unicelular, indissolúvel, colossal, pedindo vacina. Quando a infecção chega a esse estágio, as juntas médicas já não se atrevem a operar. O remédio foi Juvenal reaparecer em público, através dum vidro blindado, um Juvenal, o Velho, com a cabeça coroada de nuvens grisalhas. Em público e raso admitiu que, realmente, as fazendas amigas nos auxiliariam com vacinas, e assinou o decreto que determinava uma urgente vacinação em massa. Deu azar porque, quando os aviões seguintes desembarcaram a remessa urgente, a massa avançou para a vacina e não era mais. Eram ampolas e ampolas com a devolução do esperma de Abá, considerado aguado e sujo de muco, terra, urina e fezes. Anexa, a análise química muito bem impressa, boato não. Encabulado ou gratificado, o povo silenciou, guardou a zabumba.

(N. da R.: Tamanho opróbrio não afetou Abá. Uma trombose antecipou o anúncio.)

A ambulância conduz Aurora a Lubino. Poderia ser um encontro comovente, mas Lubino permanece voltado contra a parede, num castigo que ele se aplica há dias. Pelo menos de costas lembra Abá, verdade. Isso é o que Juvenal pede a Aurora, que convença o filho a lembrar e repetir Abá, as glórias de Abá. Mas assim já não é bem verdade, tais glórias só são glórias na verdade de Juvenal. Tal Abá, para Aurora, é um que ultimamente andava com o gozo trouxo. Contasse Juvenal as noites em que Abá como que urinava o copioso ouro branco, sem ereção. De como o assaltavam pesadelos espantosos, os esperneios, os espasmos e as espermatorreias que balançavam as cercas e encharcavam o pasto. Que obrigavam Juvenal a se levantar resmungando:

— Um garanhão desse tamanho molhando a cama.

Seria mais engraçado o próprio Juvenal contar como é que engatinhava no touril catando espermatozoides. A espátula raspando o cimento, as coxas, o pênis adormecido, o que somado mal dava para inteirar uma ampola. E daí Juvenal curando de agrilhoar Abá, ameaçá-lo, humilhá-lo, puxar-lhe o rabo, ligar a corrente e acordá-lo afinal para que completasse o porco serviço na hora certa, a cota prevista, no recipiente adequado. Conte Juvenal o quanto lhe custava isso, às vezes noites em claro, pois dificilmente Abá respondia aos estímulos elétricos. As vezes cabia a Juvenal travestir-se em manequim, fingir vaca, fazer trejeitos de vaca, até que o garanhão se lembrasse como é feita uma vaca e se animasse a suprir a espermateca.

Mas esse não é o relato que Juvenal encomendou. Aurora não consegue transmitir a encomenda grandiosa, as palavras or-

FAZENDA MODELO

gulhosas, dolorosas, as responsabilidades, a pátria, os prótons, os prêmios, o essencial, o manancial, o amanhã da Fazenda Modelo nas mãos de Lubino, o que é verdade e não é, estando a verdade nas mãos de Juvenal. Na cabeça de Aurora há o brejo e o bojo, o bote e a morte, a noite, ad noctem, ontem, uma beleza remota que também não é verdadeira, é uma meia verdade só de Aurora, intransferível. Aurora diria qualquer coisa menos a verdade, doem as mamas e Lubino está de costas. Seria tão mais fácil se Lubino olhasse e duvidasse, perguntasse e duvidasse, procurasse, escolhesse e duvidasse sempre, até que um dia encontrasse a verdade, apanhasse a verdade e a apalpasse e se certificasse e andasse com ela, se imbuísse dela e fosse ela, se chamasse Verdade e estampasse seu nome no rosto, aí tomasse um espelho, e ali não se encontrasse, e então começasse a duvidar de si, se apalpasse e se perguntasse e procurasse e olhasse tudo de novo, é o que diria Aurora se ainda tivesse forças. Mas tantos erros e devaneios nunca foram permitidos a Lubino. E a quem se impõe um único caminho estreito, escuro e irreversível só resta a vingança de empacar.

Bem que Aurora quer dizer uma palavrinha ao surdo-mudo. Nem que seja um segredinho só, um tó, um vá, um plá, um mu, mas as tetas pesam, os pulmões murcham, o coração desiste. É Juvenal quem se desmancha em soluços no regaço dela:

— Mamãe!

Lubino girou num salto, entrou em cena, arremeteu contra a plateia e principiou uma dança insólita, ao toque do adarrum, dando passos lépidos para lá e para cá, os joelhos unidos e as patas abertas em ângulo obtuso. Nesse estilo foi derrubando o cenário e saiu pelos abertos da Fazenda. Cuidado com os barrancos, foi o que ainda pensou Aurora depois de morta. Abraçado à mãe, Juvenal pensou que nada, isso dança, trança, cansa e logo amansa na estrebaria. Talvez encontre Latucha, pensou Aurora com o derradeiro lóbulo do cérebro, um lóbulo lírico. Pois que façam as sujeiras noutras paragens, pensou Juvenal afastando a defunta. E já recomposto e enxuto, lembrou que a Fazenda Modelo não é mais o baldio de outros tempos. Por toda a volta há cercas que eletrocutam, alfândegas que revistam, cães que estraçalham e guardas com ordens para atirar.

Lubino foi atropelado por uma viatura não identificada quando dançava em direção à fronteira sudeste. As escoriações e contusões generalizadas não o impediram de se apresentar sem demora no descampado norte. Atraiu multidões com sua dança lépida e seu aspecto fogoso. Obaluaiê! Obaluaiê! — aclamou o povo até ser dispersado pela patrulha. Um projétil ricocheteado atingiu Lubino no olho esquerdo. Caolho foi visto pouco depois, conquistando o curral das vitelas, quando uma salva de artilharia festejou seu noivado e vazou-lhe o olho direito, além de fulminar Latucha. Cego dormiu com uma velha marafona. Amanheceu venéreo na cidade, atentou contra o pudor com sua dança abstrusa. Recusou convite para se exibir em palácio e desapareceu entre gases lacrimogêneos, alojando algum chumbo no abdome. Ressurgiu pronto no descampado sul, onde já gozava boa reputação como bailarino e barbatão. Tinha aliás fumado uma erva que lhe aprimorava os reflexos e o balé. Obaluaiê! Baleado nas coxas, descobriu uma dança lateral que consiste em tocar os calcanhares e as pontas dos cascos alternadamente, deslocando-se sem dor e ágil que nem charlestão. Obaluaiê! Obaluaiê! — aclamou o povo até ser dispersado pela patrulha. Um balaço extraviado atravessou o pescoço de Lubino. Em seguida foi visto perdendo sangue no descampado norte. Contraiu varíola no descampado sul. O eixo norte-sul, minado inopinadamente, acabou custando-lhe os quatro pés, truncando uma carreira. Então recolheu-se num ocidente fora de mão e foi dado como morto, virou herói malas-artes de cordel, serenou a patrulha. E até hoje os povos cantariam sua gesta se outro dia Lubino não tivesse a pretensão de voltar do romanceiro. Das fábulas não se volta, mas ele bebeu uma água inquinada, ficou eufórico e achou que podia voltar sapateando. O povo não reconheceu nem aclamou Obaluaiê. Lubino era um Obaluaiê moço e impetuoso, enquanto este, um Omolu decrépito, sendo sua dança um contorcer-se em dores, convulsões, tremores de febre, coceiras e gargalhadas, um orixá malfazejo. Era o zumbi de Lubino, arrastando o corpo, rolando ladeira abaixo, rindo do próprio vexame, um triste papel. Um espetáculo indigno, enfim, desses que a gente dos descampados vaia, porque lá o artista não deve se expor mais pobre e feio que a assistência, é fazer pouco dela. E ninguém aguentou até o final para ver a patrulha capturar Lubino, facilmente. Vestiram-lhe um capuz chamado filá para esconder seu rosto alegre e carcomido pela lepra. Assim foi, escoltado com honras de vice-rei, assumir o posto a que fora eleito. Empossado no touril, teve espasmos de riso mas não chegou a ejacular. Devido ao seu precário estado físico, ou a um curto-circuito, Lubino terminou reduzido a carvão. Ficou tal que não há clister que dê jeito, não há bumba meu boi que ressuscite.

XVII

ABOIO

— Eh, boi.

Um aboio igual a todos os aboios, sombrio e abafado, nas galerias de esgoto. Eles se empurram em direção à Estância, devo rando a torrente adversa dos dejetos. Vêm como sempre famintos da palavra de Juvenal, ignorantes que desta vez não há nada a declarar. Juvenal vedou as cortinas. E entupiu todos os acessos à Estância para não ouvir aquele aboio encanado, agudo, pungente, imperceptível ao ouvido humano, que emerge dos ralos e lhe corrompe os tímpanos.

— Eh, booooi.

Ao contrário do que Juvenal sempre acreditou, tenebroso é sobreviver à hecatombe. Suspira e aspira fundo o aroma empesteado de seus assessores, embaixadores, superiores, inquisidores-mores, afinal traidores que o abandonaram no pior momento, sem pronunciamento e sem diretriz. Ainda esperançoso, caminha pelo castelo tropeçando de propósito em seus cadáveres, tateando-os e sugando-lhes os tumores mais nefastos. Mas parece que foi condenado a uma velhice temporã, estacionária e perpétua. Lá embaixo, companhia indesejável, aqueles que sobreviveram por engano, divino mas desastroso engano, pois nunca foram predestinados para tanto. Desmentindo todos os dogmas, aí estão eles sobrevivendo e aboiando nas catacumbas, fazendo dos encanamentos órgão de igreja. Rendem ações de graça, como se a peste lhes tivesse trazido um grande bem.

— Eeeeeeeeeh, boi. Eta.

Consta que eles vão sair este ano. Fora de hora e de ordem,

dispensando guias e correias. Na falta de enredo oficial, hão de inventar uma coreografia disparatada lá da cabeça deles. Corre que pretendem estampar as tantas chagas nos quantos estandartes. Pretendem carregar as tintas nas fantasias, nas desarmonias, não sei se alegorias, nem Juvenal quer saber. E quando a bateria parar em frente à tribuna, saudando a tribuna, não custava Juvenal estar presente e dizer uma palavra, dizer presente. Uma boa-noite e eles talvez encerrassem o desfile, recompensados e exaustos como todos os anos. E escoariam rapidamente pelo mesmo conduto que vieram, talvez.

— Eh, boi. Vamos, boi! Vaaaaaaaaaaaaaamos!

Vão-se decepcionar. E vão procurar Juvenal onde quer que ele esteja para exibir sua festa, que é uma festa humilde, é mesmo uma festa miserável, mas ninguém tem o direito de desprezar uma homenagem sincera assim. Nem Juvenal.

— Ei, boi! Ei, lá. Eh, booooooooooooooooooooi.

Lá vêm eles. Seus passos mancos e trôpegos produzem uma marcha sincopada, irregular. Uma marcha improvável, caótica, os carros adiante dos bois e os bois sem compostura. Mas é a única marcha que eles têm. Vêm ostentando sua incompetência. Mas vêm com as frontes apontadas contra a Estância, apesar da heráldica. Vêm de peito aberto apesar dos morteiros. Cruzam o fosso apesar do fosso e vêm galgando lentamente as muralhas. Ei-los chiando, chegando, tugindo, tangentes.

— Oa, boi. Ôôôôôôôô, boi! Mais, boi!

— Firma, boi! Esperta, boi!

— Avança, boi! Ôôôôôôôôôôôôôôôôôôô!

Um aboio igual a todos os aboios, manso cantochão. Eles só querem ver Juvenal, fazer uma evolução ou duas, mostrar que estão vivos e às ordens. Querem ouvir Juvenal, faz parte do aboio ouvir Juvenal, é repousante. Querem saber se podem dormir e esperar e esquecer como todas as noites. Ou senão, se encontrarem um Juvenal mudo e acuado, assustado branco, colado camaleante contra a parede branca, esse aboio vira aboio de consolação. Aboio de pôr as mãos em Juvenal, na goela de Juvenal, aboio de rir de Juvenal, aboio de lhe enxugar o suor frio da testa, aboio de alisar seus cabelos, aboio de fazer Juvenal dormir e esperar e esquecer, aboio de olhar por ele como Juvenal sempre olhou por nós. Mas Juvenal evita, recua, se esconde, não quer ver a festa. Não sei se delira, mas o que Juvenal escuta é um aboio atonal, amoral, infernal, insuportável para o ouvido humano, que aboia açulando em vez de apascentar.

— Leva, boi! Levanta, boi! Annnnnnnda! Eia, Manchado! Arriba, Pelanca! Eh, boi! Afasta, boi! Carrega, Piranha! Vamos, Postiço! Eta, boi! Arreda, Moleza! Arrepia, Cascão! Puxa, Marola! Aguenta, boi! Anda, Canivete! Salta, Carrapicho! Monta, Palavrão! Oa! Ouá! Ouaaaaá Oooooooooooouá! Ooooooooo oooooooooooooooooooooooooooooooooooooóóóuá! ÔÔÔÔÔÔÔÔUÔÔÔÔÔÔÔÔUÔÔÔÔÔÔÔÔUÁÁÁÁ ÁÁÁÁÁÁÁÁÁÁÁÁÁÁ!

XVIII

ATO FINAL

Por meio de um ofício bastante complicado, como que encabulado, cheio de acidentes gramaticais, acentos agudos, cra-
ses ameaçadoras, reticências, parênteses e/ou hifens, aspas, e
mais vírgulas, sempre separando sujeito e verbo, como se
aquele sujeito não fizesse questão de assumir seu verbo, e,
através de um ato desses, que eu não gostaria de incluir aqui,
mesmo porque está dando praia, e eu não tenho nada com
isso, isso é novela, é só bestialógico, então Juvenal mandou
liquidar o gado restante, ele compreendido, decretando o fim
da experiência pecuária, na Fazenda Modelo, e destinando
seus pastos, a partir deste momento histórico, à plantação de
soja tão somente, porque resulta mais barato, mais tratável e
contém mais proteína.

Bibliografia Técnica

Agricultural Genetics
James L. Brewhaker (University of Hawaii)
Prentice Hall, Inc., Englewood Cliffs
Nova Jersey, EUA

Anuário dos Criadores 71/72
Editora dos Criadores Ltda.

Beef Cattle Production in the South
D. W. Williams
The Interstate, Printer and Publishers, Inc.
Danville, Ill, EUA

Ciclo do carro de bois no Brasil
Bernardino José de Souza
Companhia Editora Nacional
São Paulo, SP, Brasil

Desafio à pecuária brasileira
J. B. de Medeiros Neto
Livraria Sulina Editora
Porto Alegre, RS, Brasil

Lento e eficaz extermínio da cultura pecuária
K. Karensen (København)
Ediçoes F.M.

Manual de Crianza de Vacunos
J. A. Romagosa Vila
Editorial Aedos
Barcelona, Espanha

O texto deste livro foi composto em Sabon,
desenho tipográfico de Jan Tschichold de 1964
baseado nos estudos de Claude Garamond e
Jacques Sabon no século XVI, em corpo 10/13,5.
Para títulos e destaques, foi utilizada a tipografia
Frutiger, desenhada por Adrian Frutiger em 1975.

A impressão se deu sobre papel off-white
pelo Sistema Digital Instant Duplex da Divisão
Gráfica da Distribuidora Record.